Kristina Roy
AN FESTER HAND

Kristina Roy

An fester Hand

Wilhelm Kröker
Gestringer Str. 81
32339 Espelkamp

FRANCKE
Verlag der Francke-Buchhandlung GmbH

Über die Autorin:
Kristina Roy wurde 1860 in Stará Turá (Slowakei) geboren, wo sie
1937 auch starb. Sie blieb unverheiratet und hat sich zeitleben in
der Blaukreuzarbeit und im Aufbau lebendiger Bekenntnis-
gemeinden engagiert. Durch ihre heimatverbundenen Bücher, die
eine klare christliche Botschaft auszeichnet, ist sie eine beliebte
Volksschriftstellerin geworden.

Bibliografische Information Der Deutschen Bibliothek
Die Deutsche Bibliothek verzeichnet diese Publikation in der
Deutschen Nationalbibliografie; detaillierte bibliografische
Daten sind im Internet über http://dnb.ddb.de abrufbar.

ISBN 3-86122-800-9
© 1999/2006 by Verlag der Francke-Buchhandlung GmbH
35037 Marburg an der Lahn
Umschlaggestaltung: Henri Oetjen, Design Studio Lemgo
Satz: Verlag der Francke-Buchhandlung GmbH
Druck: Koninklijke Wöhrmann, Niederlande

www.francke-buch.de

Es donnerte, daß die alten Mauern des Schlosses Hodolitsch erzitterten; aber in den von zuckenden Blitzen erleuchteten Gemächern achtete niemand auf das drohende Rollen. Wer hätte es auch beachten sollen! Etwa der Mann, der von Schmerzen gequält auf dem Krankenbett lag? Sein bald erbleichendes, bald fieberglühendes Antlitz verriet innere Wetter und Stürme. „Es ist dem Menschen gesetzt zu sterben und danach das Gericht" – das bestätigt ihm ein untrüglicher Zeuge, das Gewissen. Ja, das Gericht! Und es gibt nicht nur ein Gericht, sondern zwei: das erste, daß der Mensch von seiner eigenen Sünde und dem Gewissen gerichtet wird; das zweite, furchtbarere vor dem Angesicht des allwissenden Gottes.

„Vater, was quält dich so?" erklang es mit schmerzlich bewegter Stimme über dem Kranken.

Ein Jüngling von etwa 24 Jahren neigte sein von Trauer und Entsetzen verstörtes Antlitz zu dem Kissen herab, auf dem das halb verdeckte, von schmerzlichen Kämpfen zerwühlte Angesicht des Mannes ruhte.

„O Michael, mein einziger Sohn!" Die fieberheiße Hand umschloß krampfhaft die Rechte des Jünglings. „Hüte dich vor der Sünde! Sie ist eine furchtbare Geisel, am furchtbarsten in der Todesstunde. Ich muß sterben, es gibt keine Hilfe, keine Hoffnung mehr, und dann vor Gott treten. Er weiß alles, er hat alles gesehen."

„Vater, ängstige dich nicht vor Ammenmärchen! Du hast im Leben nicht an sie geglaubt; warum läßt du dir dadurch in der Todesstunde den Frieden trüben? Glaube mir! Ich komme soeben von der Universität. Dort habe ich Professoren der Theologie gehört, welche die Bibel besser kennen als du; sie alle lehren – und ich glaube, daß sie recht haben –, daß mit dem Tode alles zu Ende geht. Der Mensch kehrt zum Staube, zur Materie zurück; diese verändert sich aufs neue – und darin liegt die ganze Ewigkeit."

„Still, Michael, glaube ihnen nicht! Das ist gut genug, solange der Mensch gesund ist und voller Hoffnung ins Leben blickt. Aber im Angesicht des Todes sehen die Dinge anders aus. Ich weiß, daß ich vor Gott treten muß. Ich weiß, daß er mich richten wird, denn er hat alles gesehen, ja, ich fühle auch jetzt, wie sein Blick auf mir ruht. O, daß ich doch lieber nicht geboren wäre, anstatt jetzt mit dieser Last auf dem Gewissen im 47. Lebensjahr sterben zu müssen!"

Der Mann breitete die Hände aus und faltete sie dann krampfhaft über der Brust.

„Vater, wir sind allein, niemand hört dich, nur ich, dein Sohn; sage mir, was dich so quält, was du begangen hast."

Der junge Mann war zu Häupten des Kranken niedergekniet.

„Was ich begangen habe? Ach, was ich begangen habe! Er lag auf dem Sterbebett, dein Großonkel, und es war kein anderer Zeuge da. Mir übergab er das Testament, in dem er achtzigtausend Gulden uns beiden, Stephan und mir, hinterließ. Aber ich wußte, daß in seinem Schreibtisch ein älteres Testament lag, aus einer Zeit, da er meinem Bruder zürnte. Dieses setzte mich zum Universalerben ein."

„Vater, und du?" forschte der erbleichte Jüngling.

„Ich vernichtete das Testament jüngeren Ursprungs und wurde der Universalerbe – und nun brennt mich dieser Diebstahl. Oder vielmehr, er hat mich immer gebrannt, besonders aber, seitdem Stephan gestorben ist. Ach, ich hatte ja keine Ahnung, daß er lungenkrank war. Die Ärzte schickten ihn nach Italien; er ging nicht, denn er hatte kein Geld. Hätte ich ihm jene Vierzigtausend gegeben, die ihm der Onkel hinterlassen hat, dann hätte er nicht länger unterrichten brauchen, sondern sich schonen können. So ist er gestorben, und ich trage die Schuld. Um meinetwillen ist sein Weib eine Witwe, sein Kind eine Waise. Darum muß ich im schönsten Mannesalter sterben, und dort werden wir zusammentreffen: mein Onkel, mein Bruder und ich. O, wie soll ich da bestehen! Könnte ich doch etwas wieder gutmachen! Aber wie? Bekennen und meinen – und deinen Namen beflecken?"

„Ach, Vater, das ist unmöglich!" stöhnte der Sohn. „Gib es ihnen so zurück, gib meinetwegen fünfzigtausend. Aber das geht auch nicht. Es wäre auffällig, warum du ihnen so viel vermachst, wenn ich doch da bin. Ach, könnte ich dir doch helfen, ich würde alles tun; nur die Ehre unseres Namens kann ich nicht losen Mäulern preisgeben."

„Es wäre noch ein Weg ..."

Der Kranke schwieg einen Augenblick. Ein Ausdruck körperlicher Qual überflog sein Antlitz, aus den Augen blickte eine geängstigte Seele. Diese schienen den Sohn zu bitten: „Erbarme dich über mich!" – Die junge Brust hob sich in heftigen Zügen. Der junge Mann richtete sich auf. Ein männlicher, verzweifelter Entschluß sprach aus seinem Gesicht.

„Ich weiß, was du damit sagen willst. Nun verstehe ich, was du damals wünschtest. Ach, wenn ich geahnt hätte, warum du mir solch ein Joch auferlegen wolltest! Aber damit du erkennst, daß ich dich wahrhaft als Sohn liebe, will ich dir meine Freiheit opfern: ich werde Olga zur Frau nehmen und ihr zurückgeben, was ihrem Vater entzogen wurde. Wenn es eine Begegnung jenseits des Grabes gibt, dann sage beiden, deinem und meinem Onkel, daß dein Sohn mit seinem Lebensglück für deine Sünde bezahlt hat, daß sie gesühnt ist."

„Dank, Dank!" schluchzte der Mann. „Gott vergelte es dir, daß du mich retten willst. Aber wirst du dein Versprechen auch halten?"

„Hab' keine Angst, ich werde telegraphieren, daß die Tante mit ihr herkommen möchte. Ich will alles tun, nur lebe wieder auf, damit deine Augen noch sehen, daß wir ehelich verbunden sind."

Es blitzte kreuz und quer und donnerte, als sollte das alte Schloß aus den Fugen gehen.

Etwa zwei Stunden später betrat der Arzt das Krankenzimmer. Er konstatierte eine leichte Besserung im Zustand des Kranken; er schickte den Sohn zur Ruhe. „Legen Sie sich ein wenig hin", sprach er, „wenn Sie nicht selbst krank werden wollen!"

„Nun, dazu fehlt wahrlich nicht viel", brummte der junge Mann, als sich die Tür des Krankenzimmers hinter ihm geschlossen hatte. In seinem Inneren tobte ein Gewitter, ähnlich demjenigen, das draußen über Felder und Fluren niederging.

„Ich habe es versprochen, es hilft alles nichts. O Vater, wenn du wüßtest, was du mir abgezwungen hast! Wohlan, Olga, ich nehme dich, damit du jenen verwünschten Mammon zurückbekommst. Ich werde dir den Titel einer Frau Hodolitsch geben, aber ich werde niemals dein Gatte sein. Nein, niemals! Vielleicht wirst du dann selbst um Scheidung ansuchen und mich von jenen drückenden Fesseln befreien."

Es donnerte noch einmal in weiter Ferne, denn das Unwetter hatte sich verzogen, und draußen wurde es still. Aber wann würden sich die Stürme legen, die in seinem Verlauf in einer jungen Seele entfesselt worden waren?

* * *

Etwa fünf Wochen waren vergangen. Auf dem großen Gutshof vernahm man Klagen und Weinen. Das zahlreiche Gesinde von Hodolitsch beweinte seinen soeben verschiedenen Herrn und klagte, daß er mitten in der Hochzeitsfeierlichkeit verschieden war. Der Pastor hatte soeben das Brautpaar gesegnet und das Schlußgebet noch nicht zu Ende gesprochen, da war im Hause Bestürzung und Wehklagen ausgebrochen. In dieser allgemeinen Trauer, da der Sohn den Vater, die Dienerschaft den Herrn beweinte, und alle voll beschäftigt waren, um die Vorbereitungen zum Begräbnis zu treffen, war die einzige überflüssige Persönlichkeit – die junge Braut. Sie saß in ihrem verdrückten Schleier mit dem ein wenig schief befestigten Brautkranz einsam und untätig in einer Sofaecke.

Sie hatte die mageren Hände um die Knie geschlungen und blickte nun mit trostlosen Augen durch das hohe Fenster. Sie war noch ganz jung, kaum sechzehn Jahre alt. Ihre hochaufgeschossene, unentwickelte Gestalt war voller Ecken und Kanten, was die Jugend in diesem Alter so wenig anziehend erscheinen läßt. Sie hatte scharfe Gesichtszüge, bleiche, eingefallene Wangen und große, tiefliegende Augen. Das weiße Kleid von halb städtischem, halb bäuerlichem Schnitt verriet das Dorfmädchen. Hände und Füße waren viel zu groß und zu plump für die weißen Schuhe und Handschuhe. Der bange, fragende, ängstliche Gesichtsausdruck, die tiefe Trauer in den schwarzen Augen erregten Mitleid. Ja, die ganze Erscheinung schien um Mitleid zu bitten. Aber in dem Antlitz des jungen Bräutigams, der soeben zur Tür eintrat, war nichts von Mitleid zu sehen. Er heftete seine noch von Tränen feuchten Augen auf die zusammengekauerte Gestalt, und Eiseskälte durchdrang sein Herz bei dem Gedanken, daß er, „der schöne Hodolitsch", wie sie ihn auf der Universität genannt hatten, nunmehr der Gatte jener Person war. O, wie widerwärtig war sie ihm! Und von heute an hatte sie ein Recht auf ihn! Was sollte er mit ihr beginnen? Es ist wahr, sie kam vom Sterbebett ihrer Mutter, seit einer Woche war sie völlig verwaist. Aus tiefster Seele hätte er sie bedauert, hätte er ihr nicht just vor einer Stunde Treue schwören müssen. Das lag ihm wie ein Stein auf dem Herzen. Eine tiefe Bitterkeit erfüllte ihn. Unfähig, dieselbe zu beherrschen, trat er ans Fenster.

„Olga, geh' dich umziehen!" Seine Stimme zitterte. Sie blickte erschrocken auf.

„Ich habe ja nichts. Ich weiß nicht, wo mein Koffer steckt."

„Ich werde dafür sorgen, daß er dir gebracht wird", entgegnete er kalt und ging fort.

Etwa eine Viertelstunde später betrat sie die Halle, in der der Verstorbene aufgebahrt lag. Sie trat zu der Leiche. Noch immer fühlte sie, wie er sie umarmt und geküßt, wie sehr er sich über ihr Kommen gefreut hatte. Er hätte sie lieb gehabt, aber er lebte nicht mehr. Und sie, was sollte sie hier? Was sollte sie hier in diesem großen, prächtigen Haus anfangen, unter lauter fremden Leuten, die sie alle so seltsam ansahen?! Jetzt in dem dürftigen schwarzen Kleid, sah ihre Gestalt noch unvorteilhafter aus. Sie hatte sich zuvor im Spiegel gesehen. Sie fühlte nur zu gut, daß sie nicht in diesen Reichtum paßte. Sie war daheim in Armut aufgewachsen. Sie hatte sich gefürchtet, hierher zu gehen, und dennoch war sie gerne gekommen. Sie war es von daheim gewöhnt, Kranke zu pflegen. Lange hatte sie den Vater, dann die Mutter gepflegt. Nun hatte sie gehofft, auch den Onkel pflegen zu dürfen. Aber er war gestorben, was sollte sie nun anfangen? Vor ihm – sie blickte sich scheu um – empfand sie Furcht. Er blickte so kalt, und er war so schön und unnahbar. Sie erschien sich neben ihm so elend, so häßlich – ach, warum war sie nur hergekommen! Aber sie mußte dieses Gefühl überwinden.

Jener schöne, junge Mann war ihr Gemahl, aber er war so kalt zu ihr.

Sie kniete an der Leiche hin und weinte. Niemand störte sie, niemand kam und tröstete sie. Sie war hier ganz fremd, ganz verwaist. Nirgends auf der weiten Welt gab es ein Herz, an das sie sich schmiegen durfte. O, wie sollte sie nur leben?!

Mehrere Tage waren vergangen. Das prunkvolle Begräbnis mit dem darauffolgenden Mahl war vorüber. Ein Mensch war von der Erde gegangen, der zwei sehr unglückliche Herzen zurückgelassen hatte. Diese wenigen Tage hatten dem jungen Hodolitsch genügt, um ihn in seiner Abneigung gegen die ihm aufgezwungene Gattin zu bestärken. Wenn sie sich ihm nur näherte, war es ihm, als müßte er abwehrend die Hand ausstrecken. Als sie es am Sarg seines Vaters gewagt hatte, ihn anzureden, ihm ein Wort des Trostes zu sagen und ihm dabei schüchtern die Hand auf die Schultern gelegt hatte, da hätte er diese Hand – wären nicht fremde Leute zugegen gewesen – am liebsten abgeschüttelt wie ein ekles Gewürm.

Ihre Stimme, die sie kaum dreimal am Tag hören ließ, reizte ihn sehr durch ihre Unsicherheit. Und ihre unbeholfenen, von Mangel an Bildung zeugenden Antworten im Verein mit ihrem linkischen Benehmen verrieten nur zu deutlich, daß sie daheim in ärmlichen Verhältnissen nichts anderes gewesen war als eine Dienstmagd, die in keiner Weise zur Herrin eines Großgrundbesitzes paßte. Am Tag nach dem Begräbnis bemühte sich der junge Hodolitsch nicht mehr, seine Gefühle zu verbergen. Er wollte ihr von vornherein ins Bewußtsein bringen, welch ein Verhältnis zwischen ihnen bestehen sollte, daß sie von ihm nicht erwarten durfte, was er ihr nicht geben konnte: Liebe, Achtung und ein Recht an seiner Person. Das einzige, was er ihr geben konnte, waren jene Tausende, um derentwillen er sie hatte heiraten müssen. Armes, junges Herz!

Wenn er dachte, daß sie das nicht empfand, irrte er sehr. Sie empfand es, sie erbebte in schmerzlicher Überraschung. Und in ihr lebte die eine große Frage: „Warum hat man mich hierher gerufen, wenn niemand, niemand meiner Hilfe bedarf und wenn ich in keiner Weise hierher passe?"

* * *

Auf den trüben Wellen der Donau glitt ein Schiff dahin. Seine Beleuchtung erhellte die Finsternis der Herbstnacht. Von all den Reisenden, welche die drei Klassen füllten, befand sich nur einer auf Deck. Seine Augen blickten in die Ferne, als wollten sie noch einmal – ach, zum letzten Mal – die Ufer der Heimat sehen. Aber, als das nicht gelang, warf er sich auf eine Bank und stöhnte so schmerzlich, wie es nur ein gequältes Herz vermag. Kein Wunder! Wer kann die Tiefe des Schmerzes ermessen, wenn ein junges Herz, von Verzweiflung getrieben, die Ufer der Heimat verläßt?

Der Reisende beachtete es nicht, daß das Schiff hielt und das Zwischendeck sich mit neuen Passagieren füllte. Für ihn schien auf der Welt nichts mehr vorhanden zu sein. Er fuhr erst zusammen, als eine teilnehmende Stimme seinen Namen rief.

Er hob den Kopf und sprang auf. Das Licht vom Ufer beleuchtete die schlanke Gestalt eines jungen Mannes.

„Duro! (sprich: Djuro) Du? Unmöglich!"

„Wohl möglich, Michael!"

„Aber wohin willst du?"

„Zu dir!"

„Wie? Wer hat dich geschickt?"

„Niemand. Ich habe deinen Brief rechtzeitig erhalten. Aber komm in die Kabine, wir müssen miteinander sprechen."

Wenige Augenblicke später standen sich die beiden jungen Männer in dem engen Raum gegenüber.

„Duro, mein Freund, warum hast du diese Reise unternommen? Sie kann dir schaden", sprach der Jüngere besorgt.

Der Ältere setzte sich auf das Sofa. „Wohin willst du eigentlich?"

„Nach Brasilien. Wie du weißt, wurde mir die Stelle dort wiederholt angeboten." Der junge Mann fuhr sich in das dichte Haar.

„Und wozu soll dir Brasilien dienen? Ist dir der Besitz von Hodolitsch nicht groß genug? Hast du nicht genug heimatlichen Boden?"

„Genug, ja zuviel; aber er brennt mir unter den Füßen. Halte mich nicht zurück, Duro. Bleiben kann ich nicht, das weißt du doch. In meinem Kummer habe ich dir alles anvertraut. Aber ich muß noch hinzufügen: Die Tat meines Vaters hat den Fluch mit sich gebracht. Wir haben große materielle Verluste erlitten, so daß es mir nicht möglich ist, Olga auszuzahlen; und bevor jene unseligen Vierzigtausend nicht auf ihren Namen auf der Bank deponiert sind, habe ich keine Ruhe. Den ganzen Besitz kann und will ich nicht verkaufen. Er ist nicht nur ererbt, es sind auch die Schwielen und ein Stück von dem Wesen meines unglücklichen Vaters darin vergraben. Darum muß ich in die Fremde gehen und arbeiten, und ich kehre nicht früher zurück, als bis ich den fehlenden Betrag glücklich beisammen habe."

„Und inzwischen wird der wunderschöne Besitz von Hodolitsch veröden."

„Das wird nicht geschehen. Ich habe deinen Vater gebeten, die Aufsicht zu übernehmen. Du kennst ihn ja, er wird für alles sorgen, ja den Besitz in die Höhe bringen. Ich habe ihn aus seiner Ecke hervorgeholt. Wozu soll er noch weiterhin landwirtschaftliche Artikel schreiben, die doch niemand beachtet? Mag er nun seine Ideale in die Praxis umsetzen. Ich habe ihm völlig freie Hand gelassen." „Und was hat sie zu deiner Reise gesagt?" „Sie?!" Eine Wolke bedeckte das schöne Gesicht des Angeredeten. Er machte eine wegwerfende Handbewegung. „Ihr bin ich keine Rechenschaft schuldig."

„Michael! Sie ist zwar deine ungeliebte, aber immerhin deine Gattin."

„Ach, Duro, wenn du sie wirklich kennen würdest, würdest du barmherzig mit mir sein und mich bloß nicht an jenes verkörperte Unglück meines Lebens erinnern."

„Dennoch bitte ich dich, teile mir mit, was dich so sehr abstößt."

„Alles, Duro, vor allem ihre Häßlichkeit. Und dann bedenke, sie hat auch nicht die geringste Bildung. Ich weiß, es gibt genug dumme Frauen, aber die sind wenigstens hübsch. Aber häßlich und dumm, das ist zuviel. Wozu waren mir alle Ideale und jugendlichen Träume, wenn mich der eigene Vater an solch ein unerträgliches Geschöpf gebunden hat?"

„Wie alt ist sie wohl?"

„Noch ein Kind, kaum 16 Jahre alt. Aber wenn sie sich wenigstens durch kindlichen Liebreiz auszeichnete! Aber man bekommt kein Wort aus ihr heraus. Wir haben fast ein Vierteljahr nebeneinander gelebt; ich weiß nicht, ob ich sie hundert Worte aussprechen hörte. Sie hat nur aufgeräumt, gefegt, gekocht, für den Winter eingekocht und ist dabei wie ein Gespenst durchs Haus gehuscht."

„Michael, war in dieser Arbeit Harmonie? Offenbarte sich Geist darin?"

„Das weiß ich nicht; aber – sie paßte zu nichts anderem als zu einer Dienstmagd."

„Hast du dich überzeugt, ob nicht doch etwas Höheres in ihr schlummert? Ist denn gar nichts in ihr, was man entwickeln könnte?"

„Nein, Duro, ich versichere dir, sie ist das dümmste Dorfgänschen, das du je gesehen hast. Bitte, sprich nicht länger von ihr. Ich weiß, daß sie aufgeatmet hat, als ich fortging, so gut wie ich aufgeatmet habe."

„Erlaube, daß ich dir etwas erwidere. Wenn ich an deiner Stelle wäre, wenn ich mich für meinen Vater geopfert hätte, um ihn von seinen Gewissensqualen zu befreien, dann würde ich mein Opfer auch vollenden. Und zwar, indem ich das Mädchen, welches schuldlos an meine Seite gefesselt, um des Mammons willen verkauft wurde, um jenes Mammons willen, der mich so unglücklich gemacht hat, zu mir emporhebe. Wenn ich ihr nicht die Liebe des Gatten schenken könnte, würde ich ihr die Liebe des älteren Bruders entgegenbringen. Ich würde nicht vergessen, daß sie meine nächste Verwandte ist. Es gibt Leute, die ihr ganzes Leben unter Idioten zugebracht haben, um jene Unglücklichen leben und denken zu lehren. Nun, ihnen möchte ich ein wenig in ihrer Selbstaufopferung gleichen. Ich würde meine Frau denken lehren und mir eine Freundin an ihr erziehen. Du hast so leichthin gesagt: häßlich und dumm. Weißt du, was für ein furchtbares Urteil das ist? Wenn deine Frau weder Schönheit noch weiblichen Liebreiz hat und überdies noch beschränkt ist, wie unglücklich muß sie heute schon sein! Und wie tief unglücklich wird sie ihr ganzes Leben lang sein!"

„Kann ich dafür?" brauste Hodolitsch auf. „Doch, du kannst dafür, denn es wäre deine Pflicht, sie vergessen zu lassen, wie stiefmütterlich die Natur sie behandelt hat."

„Höre auf, Duro, du hast leicht reden. Heute oder morgen wird Zora die Deine. Dem Bräutigam des schönsten Mädchens von Z. steht es wohl an, mir Moralpredigten zu halten."

Das Antlitz des Angeredeten wurde noch um einen Schein bleicher. Er fuhr sich mit der Hand durch sein kastanienbraunes Haar.

„Zora hat vergangene Woche ihre Verlobung mit Konstantin N. gefeiert."

„Duro – und du?" Stürmisch umarmte Michael den Freund.

„Ich war anwesend und habe ihnen herzlich gratuliert. Die Meinige hätte sie ja doch niemals werden können."

„Warum denn nicht? Ist deine Praxis als Arzt nicht groß genug?"

„Das wohl, aber meine Tage sind gezählt."

„Sprich nicht so! Deine Krankheit ist nicht solcher Art, daß du gleich sterben müßtest."

„Dennoch darf ich nicht daran denken, mir eine Familie zu gründen, wenn ich nicht nach wenigen Jahren eine unglückliche Witwe und kranke, lebensunfähige Kinder zurücklassen will. Ich würde nicht davon sprechen; du bist der erste, dem ich mein Innerstes offenbare. Aber du sollst mir glauben, daß ich es gut mit dir meine, daß ich mit dir fühlen kann. Dich und mich hat das Gewissen gezwungen, dem Erdenglück zu entsagen. Was uns beiden geblieben ist, ist die Pflicht gegen die Menschheit. Auch du, Michael, wirst sie erfüllen. Du wirst heimkehren und dich des armen Wesens annehmen, welches die Welt deine Gattin nennt."

„Nur die Welt nennt sie so. Sie ist es nicht und wird es niemals sein. Wenn mich der Tod nicht ereilt, werde ich nach Jahren zurückkehren, aber nur, um die Scheidung zu beantragen. Solange ist sie die Herrin auf Hodolitsch. Dann kann sie als reiche Partie fortgehen und sich einen Lebensgefährten nehmen."

„Michael, und wenn du sie bei deiner Rückkehr so wiederfinden würdest, daß sie dir ebenbürtig zur Seite stehen könnte, würdest du sie als die Gabe eines günstigen Geschickes annehmen?"

„Ich verstehe dich nicht."

„Ich will es dir erklären. Mein Vater ruft mich zu sich. Er leidet sehr bei dem Gedanken, mich früh verlieren zu müssen. Er würde weniger leiden, wenn er mich in seiner Nähe wüßte. Ich will das kurze Leben, das mir bleibt, im Dienst unseres Volkes verbringen. Ich habe mich mit dem Gedanken an den Tod abgefunden und will dafür anderen Leben bringen. – Wenn du nichts dagegen hast, möchte ich mich Olgas Erziehung annehmen. Ich hoffe, daß es mir gelingen wird, den in ihr schlummernden, vielleicht zurückgedämmten, aber doch lebenden Geist zu erwecken. Erlaubst du es mir?" Ein gezwungenes Lachen durchflog die Kajüte. „Ich gratuliere im voraus zu deinem Erfolg. Aber, Scherz beiseite, Duro. Es freut mich sehr, daß du zum Onkel gehst, daß du in meiner geliebten Heimat wohnen wirst. Nimm nur mein Zimmer in Besitz und pflege dich ordentlich, damit ich dich bei meiner Rückkehr gesund wiederfinde." „Du erlaubst mir also, mich Olgas Bildung anzunehmen?" „Von Herzen gern. Wenn du etwas erzielst, um so besser für sie in ihrem ferneren Leben. Ich kann ihr ja doch nichts anderes geben als jenen Mammon, dem zuliebe ich das Opfer der freiwilligen Verbannung auf mich nehme. Gib du ihr etwas Besseres, wenn du kannst, denn ich will nicht, daß sie sich unglücklich fühlt. Wenn jemand ein Opfer bringen soll, dann will ich es allein tragen."

* * *

In jener Nacht saß die blutjunge Frau Hodolitsch am offenen Fenster und blickte so starr in die Finsternis, wie dort am Schiff ihr Gatte. Die gefalteten Hände ruhten im Schoß; mit ihrem unbeweglichen Antlitz und dem Ausdruck tiefer Trauer glich sie einer Statue. Aber was lebte, was stürmte wohl in dieser jungen, heftig auf und nieder wogenden Brust? Im Haus war längst alles zur Ruhe gegangen, nur sie saß hier einsam und allein. Im Geiste wiederholte sie sich – ach, zum wievielten Male wohl! die Worte jenes Gesprächs, dessen unfreiwillige Zuhörerin sie gestern abend geworden war. Sie war einsam im Garten umhergeirrt. Da hatte sie Stimmen vernommen und war, von Furcht ergriffen, stehen geblieben. Erst nach einer Weile erkannte sie Michaels Stimme, der soeben zu Onkel Tichy sprach: „Glaube mir, Onkel, ich kann nichts dafür; aber wenn sie mir nur in die Nähe kommt, bin ich schon ganz nervös. Ich weiß, sie kann nichts für ihre Häßlichkeit, sie hat sie sich nicht ausgesucht. Aber wenn sie nur nicht so beschränkt, ja dumm wäre, so ungebildet in jeder Beziehung, und wenn sie auch nur ein wenig auf ihre Kleidung und ihr Benehmen acht geben wollte, vielleicht würde es dann nicht so in die Augen fallen. Wenn ich an meine Mitschülerinnen im Gymnasium denke – das waren auch 15 – 16jährige Mädchen – und sie mit ihnen vergleiche, dann möchte ich beinahe fragen, was für eine Mutter sie gehabt hat."

„Ihre Mutter war eine einfache, aber feinfühlige Frau, die an der Seite ihres kränklichen Gatten viel gelitten hat", erwiderte der Onkel. „Als er starb, hatte sie mit bitterer Not zu kämpfen. Daß sie unter diesen Umständen nicht viel für die Erziehung ihrer Tochter tun konnte, ist mir begreiflich. Was sie selbst verstand, das hat sie sie gelehrt. Hodolitsch hat sich allerdings nicht viel um die Bildung seiner Tochter gekümmert, er war wohl auch nicht imstande dazu. Junge Mädchen, die in den bescheidenen Verhältnissen des Dorflebens aufwachsen, können es eben nicht weiter bringen. Aber sie ist noch so jung, da läßt sich noch manches nachholen. Ich werde dafür sorgen, daß sie dazulernt; das wird sich alles finden. Wenn du zurückkommst, werdet ihr euch miteinander einleben."

„Niemals, Onkel! Gib dir keine Mühe! Laß sie nur in der Küche, beim Kochlöffel, wo sie hingehört. Nimm ihr nicht das Vergnügen, den Geflügelhof zu besorgen, sie muß doch auch etwas davon haben, daß sie Herrin auf Hodolitsch geworden ist ..."

Ach, jene furchtbaren Worte! Es war, als würde ihr eine Binde von den Augen gerissen. Also darum lief er fort, so oft sie das Zimmer betrat. Darum lud er stets einen der Beamten zu Tisch, damit er nicht mit ihr reden mußte! Er schämte sich ihrer, weil sie schlecht und geschmacklos gekleidet war, weil sie sich nicht so zu bewegen verstand wie jene Studentinnen, weil sie beschränkt war! Ach, dies Wort schmerzte sie am tiefsten. Sie hätte ja so gerne gelernt, wenn sie nur Zeit und Gelegenheit gehabt hätte. Wie oft hatte ihr der Vater die Lampe ausgelöscht, als sie noch zur Schule ging! Niemals hatte sich jemand mit ihr abgegeben. Also man sollte ihr nur die Sorge für den Geflügelhof des Großgrundbesitzes überlassen, dessen Hälfte jetzt ihr gehörte!? So stand es ja im Testament. Der Onkel dachte, daß sie noch etwas lernen könnte; aber Michael traute ihr das nicht zu; er wollte sie zur Dienerschaft herabdrücken. Unwillkürlich richtete sie sich auf, als hätte es ihr einen Stich gegeben.

Er ging wohl für lange Zeit fort, und sie mußte hier in der Fremde zurückbleiben. Aber wenn er wiederkam, wollte sie ihm beweisen, daß sie etwas gelernt hatte. Den Haushalt mochte rühren, wer da wollte! Wenn er sich den Onkel nehmen konnte, daß er ihm die Landwirtschaft führte, dann konnte sie sich jemanden nehmen, der den Haushalt besorgte. Sie wollte nicht kochen und das Geflügel besorgen. Sie war nicht hierher gekommen, um sich mit Füßen treten zu lassen.

Wenn die Hälfte des Großgrundbesitzes ihr gehörte, dann war sie eine reiche Frau. Dem guten Onkel Hodolitsch hätte sie dankbar und demütig gedient, den anderen wollte sie nicht dienen.

So hatte sie gestern gegrübelt. Heute hatte sie sich zum ersten Mal um nichts gekümmert. Am Morgen, als Michael fortging und ihr flüchtig die Hand reichte, hatte sie dieselbe kaum mit den Fingerspitzen berührt.

Den ganzen Vormittag war sie nicht aus ihrer Stube gekommen; sie hatte die Sachen ihrer Mutter in Schränke und Kommoden geräumt, bis man sie zum Mittagessen rief. Nachher war sie im Garten gewesen, ja ein Stück spazierengegangen. Sie war erst zum Vesperbrot heimgekehrt und hatte sich dasselbe auf ihr Zimmer bringen lassen.

Die Zeit bis zum Abendbrot hatte sie untätig auf dem Sofa liegend verbracht. Als dann Onkel Tichy zu ihr kam und so freundlich mit ihr sprach, hätte sie am liebsten geweint. Die Tränen saßen ihr im Hals, und als sie allein war, weinte sie darüber, daß auch er sie für dumm halten würde. Sie weinte auch über die nutzlos vergeudete Zeit. Welch ein schreckliches Leben, wenn sie immer, immer so leben sollte! Dennoch, eine Dienstmagd wollte sie nicht sein.

* * *

Herrn Martin Tichy fiel die Feder aus der Hand, als ihn jemand umarmte. Nur ein Arm konnte ihn so umschlingen – der Arm seines Sohnes.

„Aber Duro, mein Duro, bist du es wirklich oder träume ich?"

„Du träumst nicht, Vater."

„Kommst du zu mir oder zu Michael? Der ist nicht mehr daheim; er ist vor drei Tagen fortgegangen. Schade, daß er nicht mehr da ist, vielleicht hättest du ihn zurückhalten können."

„Wir sind uns unterwegs begegnet. Aber du sitzt über den Rechnungen. Steht die Sache so schlimm, wie er mir gesagt hat?"

„Schlimm genug, mein Sohn. Thomas muß wirklich am Ende nicht ganz zurechnungsfähig gewesen sein. Er, der früher so umsichtig war, hat einen Schnitzer über den anderen gemacht. Nun, das alles läßt sich wieder gutmachen, hätte er nur jenen letzten, verhängnisvollen Schritt nicht getan. Aber seinen Sohn fürs ganze Leben so unglücklich zu machen!"

„Wo ist Olga, Vater, und was hältst du von ihr?"

„Ich weiß nicht, was ich von ihr denken soll, mein Sohn. Sie ist mir ein Rätsel. Als ich herkam, schien es mir, als hätte sie wenigstens Sinn für die Wirtschaft. Seitdem aber Michael fort ist, ist sie völlig apathisch. Sie kümmert sich nicht um die Küche und hat den Hof nicht mehr betreten. Sie schließt sich in ihr Zimmer ein oder geht spazieren. Ich habe sie Michael gegenüber verteidigt, aber ich wundere mich nicht mehr, daß der Arme bis nach Brasilien geflohen ist. Sie ist ein sehr unsympathisches Geschöpf und paßt in keiner Weise zu unserem schmucken Junker. Aber lassen wir sie. Lege ab und sage mir lieber, wie lange du bleibst."

„Wie lange, das weiß ich noch nicht, Vater, das wird die Zeit lehren. Aber ich bin deinem Ruf gefolgt, und hier hast du mich. Michael hat mir aufgetragen, in seiner Stube zu wohnen. – Erdrücke mich nicht, Vater, – und was ist denn das – Tränen in deinen Augen?"

„Ach, Duro, die Freude ist zu groß. Du verstehst es, deinen alten Vater zu überraschen. Komm, mein Sohn!"

Alsbald verbreitete sich auf dem ganzen Gutshof die unerwartete Kunde. Der Herr Doktor Tichy war gekommen, um nun bei seinem Vater zu wohnen.

Alles jubelte. Der Vetter und Freund des jungen Herrn war stets ein werter Besuch. Um so mehr jetzt, wo der alte Herr ins Grab gesunken war und der junge Herr infolge jener unglücklichen Heirat den väterlichen Besitz verlassen hatte, um in die Fremde zu ziehen. Alle bemitleideten ihren jungen Gebieter. Obwohl es ihnen niemand gesagt hatte, errieten sie, daß ihn die Anwesenheit dieser ihnen allen so widerwärtigen jungen Frau vertrieben hatte. O, wie gut war es da, daß der Herr Doktor gekommen war!

Etwa eine Stunde später klopfte Herr Martin an die Stubentür seiner Nichte. „Liebes Kind, ich möchte dir melden, daß mein Sohn, von dem ich dir gestern erzählte, vorhin angekommen ist. Michael hat gewünscht, daß er in seiner Stube wohnen möchte; er ist also dort abgestiegen. Ich teile dir das darum mit, weil er hier bei mir zu bleiben gedenkt, wenn du nichts dagegen hast."

„Ich?" Sie heftete ihre großen Augen verwundert auf ihn. „Mir kommt es nicht zu, in dieser Sache irgendeinen Willen zu haben. Tun Sie, was Ihnen beliebt."

„Ich bin nicht gekommen, dich um deine Erlaubnis zu bitten", entgegnete Herr Martin ein wenig gereizt. „Ich wollte dich nur bitten, gegen meinen Sohn etwas freundlicher zu sein als zu uns übrigen. Er ist eine solche Behandlung nicht gewöhnt."

„Ich werde dem Herrn Doktor gewiß keinen Grund geben, sich beleidigt zu fühlen", sprach sie kühl. „Ich bin Ihnen beiden fremd, darum kann ich von heute an auf meinem Zimmer essen, um Sie nicht zu stören. Im übrigen sind Sie ja der Herr im Hause. Ihnen wird die Dienerschaft gewiß gehorchen und den Herrn Doktor so bedienen, wie er es gewöhnt ist."

„Gut." Herr Martin verneigte sich und ging. Er hatte nur eine nicht wenig empfindliche Stelle in seinem Herzen, und diese betraf seinen Sohn. Die Beleidigung, die ihm jenes linkische Wesen zugefügt hatte, gedachte er nicht so bald zu vergessen. Hatte sie es doch gewagt, ihm zu verstehen zu geben, daß sie nicht gesonnen war, seinen Sohn zu bedienen.

Herr Martin ging fort; ein Weilchen später sah er auch, wie die junge Frau, in ein Tuch gehüllt, in den Garten ging. Was sie dort wohl machte?

Inzwischen war sie verschwunden. Die Gartenpforte schloß sich hinter ihr. Vor ihr stand ein alter, vom Blitz ausgehöhlter Baum. Sie setzte sich in denselben wie in einen Lehnstuhl, nahm ein altes Buch aus ihrer Tasche und versenkte sich in eine nicht gerade leichte geographische Aufgabe. Um sie her fielen die herbstlichen Nebel. Über ihrem Haupt krächzten Schwärme von Raben, die über die Donaubiegung nach Slavonien flogen. Von diesem Plätzchen aus war nichts zu sehen als die Türmchen eines Herrenhauses, das etwa eine halbe Stunde entfernt am anderen Ufer des Flusses lag, und dessen

Parkmauern bis zur Donau herabführten. Die in ihr Studium vertiefte junge Frau schenkte ihrer Umgebung keine Beachtung. Sie merkte es nicht, daß die gelbroten, vom Winde getriebenen Blätter ihr Kleid bedeckten. Ja, sie bemerkte es nicht, daß sie nicht mehr allein war, daß jemand dicht neben dem Baum stand und über ihre Schultern in ihr Buch blickte. Erst als eine wohlklingende Stimme „guten Abend!" sagte, wandte sie sich erschrocken um. Im ersten Augenblick wollte sie das Buch verbergen, im nächsten faltete sie die Hände über demselben.

„Guten Abend!" entgegneten ihr die feinen Lippen fremd. Sie konnte sich wohl denken, wer das war. Sicher der Freund Michaels, der an soviel Rücksicht gewöhnt war. Mit gerunzelter Stirn musterte sie verstohlen seine Erscheinung. Er glich Michael in keiner Weise, er war weder so schön noch so unnahbar. Er hatte ein sehr bleiches Gesicht, große blaue Augen, dichtes kastanienbraunes Haar und einen kurzen Bart, eine schlanke Gestalt und wohlgepflegte weiße Hände.

„Sie haben sich hier ein hübsches Plätzchen ausgesucht, Olga Hodolitsch, wie in einem Märchen", begann er ungezwungen, als ob sie alte Bekannte wären. „Sie erlauben, daß ich mich vorstelle: Ich bin Doktor Tichy, jetzt Ihr Vetter und für einige Zeit Ihr Hausgenosse. Es ist gut", fuhr er fort, ihre angenommene Gleichgültigkeit nicht beachtend, „daß Sie wieder Ihre Schulbücher durchsehen. Wiederholung ist die Mutter der Weisheit. Wenn ich nicht irre, haben Sie da eine Geographie. Das war wohl Ihr Lieblingsgegenstand?"

„Ich habe sehr gerne Geographie gelernt und noch lieber Naturgeschichte", entgegnete sie unwillkürlich.

„Ich auch", pflichtete er bei, „darum bin ich auch Arzt geworden. Ich möchte in unserer Umgebung ein wenig meine Praxis ausüben. Darf ich Sie dabei um Ihre Hilfe bitten? Ich habe gehört, daß Sie Ihre Eltern gut gepflegt haben."

„Ich weiß nicht viel", erwiderte sie lebhafter. „Aber wenn Sie es mir zeigen wollten, würde ich Ihnen gerne helfen. Dort unten" – sie zeigte auf den Hang – „liegt in einer Hütte eine sehr kranke Frau. Würden Sie sie einmal besuchen?"

„Von Herzen gern, wenn Sie mich hinführen."

Sie stand augenblicklich auf. „Aber sie ist sehr arm", setzte sie zögernd hinzu.

„Ich gedenke, nur unentgeltlich zu behandeln."

„Das ist seltsam, das pflegen die Ärzte sonst nicht zu tun", entgegnete sie fast bitter.

„Ich will eben eine Ausnahme machen."

Sie schritten durch das Wäldchen. Etwa eine Stunde später kehrten sie gemeinsam in das Wohnzimmer zurück, wo ein behagliches Feuer brannte. Trotzdem es erst Herbst war, war es in den weiten Räumen schon ziemlich kühl.

„Wie angenehm es hier ist", sprach der junge Doktor. „Darf ich Sie bitten, Olga, mir ein wenig Zeit zu widmen? Ich möchte Ihnen gerne etwas anvertrauen."

Sie blickte verwundert in sein ernstes Gesicht. Dann nickte sie, und als er sich in den Lehnstuhl am Ofen setzte, nahm sie auf einem niedrigen, kleinen Sofa Platz. Es war wie für ein Kind, und sie paßte dahin, war sie doch selbst noch ein Kind.

„Olga, ich brauche so sehr eine Schwester. Wollen Sie mir eine sein?"

„Ich?" fragte sie verwirrt. Aber es war ihr, als drängte sich ein warmer Sonnenstrahl ins Herz.

„Ja, Sie. Sie sind einsam; trotz Ihrer Jugend wissen Sie, was leiden heißt, und meiner wartet im Leben nichts anderes mehr als Leiden."

„Aber warum denn das?" Unwillkürlich rückte sie näher.

„Ich bin unheilbar krank."

„Unmöglich!" Sie betrachtete seine hübsche Erscheinung, und Tränen traten ihr in die Augen.

„Mein Vater hat nur mich. All seine Hoffnungen hat er auf seinen Einzigen gesetzt. Er wird sicher alles Mögliche tun, um mich am Leben zu erhalten. Da ich nicht krank aussehe – vielleicht auch nicht bald krank aussehen werde –, könnte Ihnen sein Benehmen übertrieben und das meinige selbstsüchtig erscheinen. Sie würden uns beiden unrecht tun. Sie sind hier die Hausfrau; an Ihnen wird es liegen, ob ich mich auf Hodolitsch wohlfühlen kann. Wenn

Sie mir eine Schwester werden, wird Ihnen die Gegenwart eines Kranken, der zeitweise Sorge und Arbeit verursacht, nicht zur Last fallen. Als Arzt hatte ich öfters Gelegenheit zu sehen, wessen die Liebe einer Schwester fähig ist. Als wir zusammen durch den Wald gingen, kam mir ein guter Gedanke: ich habe von Kind auf so gerne unterrichtet. Sie sind noch so jung; durch Ihre frühe Verheiratung wurde Ihnen die Möglichkeit genommen, irgendwelche höhere Schule zu besuchen, was Sie gewiß getan hätten. Meine Krankheit hindert mich an der freien Ausübung meines Berufes in der Öffentlichkeit. Ich werde Ihnen sicher sehr zu Dank verpflichtet sein, und Schulden drücken. Wenn Sie mich als Bruder annehmen, können Sie mich auch als Lehrer annehmen. Mir würde dadurch die Zeit vergehen, ich würde ein wenig mein Elend vergessen, und Sie würden dadurch gewinnen. Darf ich als Ihr kranker Mitbruder Sie bitten: Ermöglichen Sie mir, die Zeit, die mir noch bleibt, nützlich zuzubringen!"

„Ach, bitten Sie nicht!" Sie streckte abwehrend die Hand aus. „Ich will ja alles tun, was Sie wollen, denn es tut mir so leid um Sie. Aber Sie irren sich. Alle denken, daß ich beschränkt und dumm bin, daß ich nichts lernen kann und nirgends anders hingehöre als in die Küche." Die Bitterkeit eines verwundeten Herzens zitterte in ihrer Stimme. Der Doktor tat, als verstünde er sie nicht. „Ein Lehrer kann seine Schülerin nicht anders beurteilen als aus eigener Erfahrung. Und was die Küche anbelangt, so muß ich Sie als Arzt und Chemiker in Schutz nehmen. Ich habe oft selbst gekocht und würde es noch jetzt gerne tun, wenn es meine Lunge vertrüge. Aber gut zubereitete Speisen sind nach meiner Meinung die besten Schutzmittel gegen Krankheiten. Sie sind uns Ärzten eine wichtige Hilfe bei Rekonvaleszenten. Wenn ich an Ihrer Stelle wäre, würde ich sehr darauf achten, daß mein ganzes Gesinde gesund wäre."

„Sie betrachten das also nicht als einen Dienst?" forschte sie gespannt. Ihr Gesicht hatte sich belebt und sah beinahe hübsch aus.

„Aber natürlich, für den allerbesten und wichtigsten Dienst, den man der Menschheit leisten kann. Sehen Sie mich an: ich bin noch so jung, und dennoch fehlt mir eine wichtige Lebensbedingung: die Gesundheit. Diese Gesundheit den Menschen zu bewahren oder wiederzugeben ist wichtiger als alle Erforschungen der Wissenschaft und alle Ausübung der Kunst. Nicht wahr, Sie werden jetzt mit größerer Achtung als bisher auf die Kochkunst blicken? Mir selbst kann nur diese Kunst Erleichterung bringen, ja, unter Umständen das Leben verlängern."

„Ihnen?" Sie errötete ein wenig. „Wenn Sie mir sagen wollten, was Sie essen und was Sie nicht essen dürfen, dann würde ich gerne dafür sorgen."

„Ich will es Ihnen sagen, wenn Sie mich als Bruder annehmen und mir erlauben wollen, mich als

Lehrer erkenntlich zu zeigen." Er streckte seine Hand aus, und sie legte die ihre ohne Zögern hinein.

„Jetzt sagen Sie mir aber, was Ihnen fehlt, was Ihnen weh tut."

„In diesem Augenblick nichts, mein Schwesterchen. Es ist mir bei diesem Ofen so wohl, als wäre ich in Italien. Sonst habe ich oft Schmerzen in der Brust und im Rücken."

„Aber der Husten quält Sie doch nicht?"

„Nein. Ich huste nur, wenn ich mich erkälte. Aber dann ist es schlimm mit mir. Auch in der Seite habe ich heftige Schmerzen."

„Vielleicht könnten Sie sich auf jenes Ruhebett legen", riet sie voll eifriger Besorgnis.

„Gerne, wenn es dem Ofen näher wäre; aber es ist mir zu entfernt."

„Dann will ich Ihnen dieses Stühlchen unter die Füße und dieses Kissen geben, daß Sie den Rücken anlehnen können. Mein Vater war auch lungenkrank und hatte oft große Schmerzen im Rücken."

Er erlaubte ihr, ihn zu bedienen. Er hielt nur einen Augenblick die kleine Hand fest, die ihm so gewandt das Kissen zurechtmachte, und ein seltsames, beinahe siegesfreudiges Lächeln spielte um seine Lippen.

„Jetzt will ich Ihnen einen Tee kochen, wie ich ihn meinem Väterchen zu kochen pflegte. Er ist zwar nur aus unseren Gebirgskräutern, aber er wird Ihnen sicher Erleichterung bringen. Vielleicht können Sie ein wenig nach dem Weg ausruhen."

Bevor der junge Arzt es merkte, war sie leise verschwunden wie ein guter Geist.

„Duro, was hast du mit ihr gemacht?" erklang es mit bewegter Stimme über dem Leidenden.

„Vater, du bist hier? Hast du gesehen, wie sie mich bedient hat?"

„Freilich, ich habe meinen Augen und Ohren kaum getraut. Darum frage ich dich, was du mit ihr gemacht hast?"

„Nichts. Ich habe an ihr weibliches Herz appelliert, und nicht vergeblich. Es hat mir mit der ihm angeborenen Teilnahme erwidert. Vater, hilf mir, sie zu erwecken, sie für Michael zu erziehen, bis er zurückkehrt; glaube mir, in dieser unscheinbaren Hülle schlummert eine schöne Seele, ein edler Charakter. Und sie ist ja noch ein Kind. Wenn sie die Hülle des Übergangsalters abstreift, wird sie sich auch körperlich entwickeln. Du hast öfter gewünscht, daß ich kräftiger essen möchte; das will ich gerne tun. Natürlich werdet ihr beide mitessen. Sie ist von Kind auf nur an schmale Kost gewöhnt, und hier hat sie vor Herzeleid kaum dem Essen zugesprochen. Ich werde dafür sorgen, daß sie auch ohne ärztliche Vorschrift dieses beste Stärkungsmittel anwendet."

„Nun, versuche es", meinte der Vater gutmütig, und im Geiste fügte er hinzu: „Du wirst sicher enttäuscht sein."

„Nein, unsere Gnädige ist doch wirklich komisch", erzählte die Dienerschaft in den ersten zwei Wochen nach der Ankunft des jungen Doktors. „Jede Weile anders, das reine Aprilwetter. Wer weiß, wie lange das nun bei ihr anhalten wird! Freilich, wenn es dabei bliebe, könnten wir uns nur gratulieren. Seitdem sie die Aufsicht über die Küche führt, haben wir besseres Essen und überall Ordnung. Für die Herrn kocht sie meistens selbst, weil der Herr Doktor nicht ganz gesund ist. Nachmittags lernt sie bei ihm aus Büchern, als ob sie noch zur Schule ginge. Am Abend kocht sie Medizin und macht nach seiner Anweisung Pulver, ganz wie in der Apotheke. Überhaupt ist sie ganz anders, viel gesprächiger. Und wenn gar eins unserer Kinder erkrankt, ist sie ganz Fürsorge und Teilnahme."

Ach ja! Die junge Frau glich einer Blume, die bisher im Schatten verkümmert war und sich nun im Sonnenschein zu entfalten begann. Herr Martin hatte längst vergessen, daß er ihr zürnen wollte. Pflegte sie doch seinen Sohn so gut, daß er immer kräftiger wurde, ja trotz des früh hereingebrochenen Winters täglich seine Kranken besuchen konnte.

* * *

„Olga, bitte, kommen Sie heute mit mir", bat der Doktor an einem klaren Winternachmittag. Die

Pferde scharrten ungeduldig im Schnee, sie bestiegen den Schlitten, und fort ging es durch den schneebedeckten Hag.

„Warum haben Sie mir befohlen, mein bestes Kleid, sowie Pelz und Mütze anzuziehen?" forschte sie, wohl durch den verwunderten Blick des Kutschers aufmerksam gemacht.

„Darum, Olga, weil wir die kranke Frau Baronin, unsere Nachbarin, besuchen wollen. Sie wünscht, Sie kennenzulernen und hat mich beauftragt, Sie mitzubringen."

„Aber Duro, was soll ich dort? Die Dame ist eine Adlige, an vornehme, geistreiche Gesellschaft gewöhnt."

„Haben Sie keine Angst, es ist nicht so schlimm. Sie ist eine leutselige ältere Dame. Sie hat eine junge Gesellschafterin, eine wahrhaft fromme Engländerin. Möglich, daß wir beide dort etwas gewinnen. Denn wenn ich mich mit ihnen vergleiche, muß ich gestehen, daß wir – gelinde ausgedrückt – Heiden sind."

„Frau Baronin Zamojska ist wohl eine Kroatin?"

„Ja, aber sie war mit einem polnischen Edelmann verheiratet und hat lange Jahre in London gelebt, wo ihr Gatte Gesandter war. Dort ist sie auch aus der römischen Kirche ausgetreten."

„So? Aber Duro, ich schäme mich, zu ihr zu gehen. Ich bin so linkisch, so unwissend."

„Das Beispiel bildet. Ich will nicht, daß meine

Schwester unter uns Männern verkümmere. Sie brauchen Verkehr mit Damen, von denen Sie etwas lernen können."

„In dieser kleinen Weile, die ich da bin, lerne ich nichts."

„Sie werden öfters hinkommen. Sorgen Sie dafür, daß Sie sich nützlich machen."

Das Herz der jungen Frau klopfte fast hörbar, als sie die Schwelle des schön eingerichteten Schlafzimmers überschritt, das nur durch Portieren von einem kleinen Salon getrennt war. Auf einem bequemen Sofa ruhte eine Dame, die weder jung noch schön war. Sie lauschte den Klängen eines Liedes, das unter Klavierbegleitung von einer reinen Frauenstimme gesungen wurde. Und dennoch überraschte der vergeistigte Ausdruck, der auf diesen edlen Zügen lag. Zwei durchsichtige Hände streckten sich Olga Hodolitsch mit soviel Wärme entgegen, daß ihre ängstliche Scheu von ihr wich. Unwillkürlich beugte sie die Knie und drückte einen schüchternen Kuß auf diese Hände.

„Willkommen, liebes Kind!" sagte die Dame auf kroatisch. Wie gut, daß Olga diese Sprache beherrschte. „Doktor Tichy hat versprochen, Sie einmal mitzubringen. Es ist nett von ihm, daß er sein Versprechen erfüllt hat, und von Ihnen gleichfalls, daß Sie gekommen sind."

Das leise Präludium auf dem Klavier war verklungen. Zwischen den Vorhängen erschien die anmutige Gestalt einer blonden jungen Engländerin. Die Damen wurden einander vorgestellt: „Fräulein Ruth Morgan – Frau Olga Hodolitsch". Solange der Doktor mit seiner Patientin sprach, gingen die beiden auf Wunsch der Frau Baronin in den kleinen Salon.

„Sie haben so schön gespielt und gesungen, Fräulein", wagte Olga schüchtern zu bemerken. Das Fräulein sprach auch kroatisch.

„Spielen und singen Sie auch, gnädige Frau?" „Ach nein. Ich hatte Klavier angefangen, eben nur die Anfangsgründe. Dann wurde mein Vater krank, der Unterricht wurde abgebrochen, und sein Tod machte allem ein Ende. Und ich hätte es doch so gerne gelernt!" „Gnädige Frau, ich habe genug freie Zeit und ein eigenes Instrument in meiner Stube. Wenn es Ihnen die Umstände erlauben, würde es mich freuen, Sie weiter zu unterrichten. Die Musik ist eine Gabe Gottes, die uns zu unserem Trost auf Erden gegeben ist. Durch sie können wir unseren Gott und Herrn am schönsten verherrlichen."

„O, ich würde gerne kommen, es ist ja so nahe. Aber würde die Frau Baronin damit einverstanden sein?"

„Meine Herrin?" Ein liebevolles Lächeln spielte um die Lippen der jungen Dame. „Wir wollen sie fragen. Sie sollen es selbst sehen." „Sie ist sicher sehr gut?"

„Sie ist eine Jüngerin jenes Herrn und Meisters, dessen Herz nur von Liebe erfüllt war." „Welches Herrn?"

„Jesus von Nazareth. Lieben Sie ihn auch, Frau Hodolitsch?"

„Ich?" fragte Olga verwirrt. „Gewiß, ich weiß von ihm, aber ich habe noch nie daran gedacht, daß ich ihn lieben sollte. Er ist so hoch, so fern."

„Meiner Gebieterin und mir ist er nicht ferne. In ihm leben und sind wir. Mit ihm beginnen und beschließen wir den Tag. Er wohnt hier bei uns."

In diesem Augenblick hob der Doktor den Vorhang, und die beiden jungen Damen kehrten in das Schlafzimmer zurück.

„So, liebes Kind, setzen Sie sich näher zu mir. Ruth wird uns einen Imbiß bestellen, Sie müssen eine kleine Erfrischung annehmen. Bleiben Sie bei mir, es wird mich erheitern. Der Herr Doktor geht inzwischen zu unserem kranken Gärtner; der liegt hier im Erdgeschoß. Mit dem Essen warten wir auf ihn." „Nicht doch, gnädige Frau, ich bitte, nicht auf mich zu warten, falls ich mich länger aufhalten sollte. Ich nehme auch später gerne an, und Sie bedürfen einer Erfrischung."

„So, jetzt sind wir allein", sprach die Dame, ihrem jungen Gast über das glatt gekämmte Haar streichend. „Wir können uns leichter bekannt machen. Von dem Herrn Doktor habe ich gehört, daß Sie gerne und gut Kranke pflegen. Der Besuch bei Ihrer kranken Nachbarin wird Ihnen also nicht langweilig werden."

„O, mir ist er nicht langweilig", entgegnete Olga kopfschüttelnd, „eher der Frau Baronin mit mir."

„Sie werden für das Gegenteil sorgen, Sie werden mir etwas aus Ihrem Leben erzählen. Das nächste Mal will ich Ihnen einiges aus dem meinigen mitteilen."

Und siehe da, Olgas schweigsame Lippen öffneten sich. Es war nicht viel, was sie aus ihrem Leben mitteilen konnte. Sie gab einen kurzen Überblick über ihre Kindheit. In ihrer frühen Jugend hatte sie alles, was sie liebte, zu Grabe getragen.

„Liebes Kind", fragte die Dame plötzlich, „wo ist Ihr Gatte?"

„Er ist nach Brasilien gegangen." „Und wie ist es ihm unterwegs ergangen?" „Das weiß ich nicht." Der lebhaftere Ausdruck erlosch auf dem blassen Gesicht.

„Haben Sie noch keine Nachricht bekommen?" „Nein, und es wird auch keine kommen", sprachen die jungen Lippen hart. Aber die Hand der Dame verscheuchte liebkosend die Wolken von ihrer Stirn. „Zürnen Sie ihm?" „Nein, Frau Baronin, er zürnt mir." „Was haben Sie ihm denn getan?" „Glauben Sie mir, nichts. Aber er hat die Verbindung mit mir nicht gewünscht, so wenig wie ich sie gesucht habe. Sein Vater hat sie auf seinem Sterbebett gewünscht, und wir haben seinen Willen erfüllt. Aber wir hatten uns zuvor nie gesehen. Als ich dann herkam, so häßlich und dumm, wie er sagte, da konnte er meinen Anblick nicht ertragen; darum ging er von zu Hause fort."

Eine einsame Träne tropfte über die bleiche Wange. Die Dame trocknete sie mit ihrem feinen Tüchlein ab.

„Nur getrost, mein Kind, der Herr Jesus wird noch alles wohlmachen. Das ist freilich ein großes Leid, daß Ihr Mann Sie nicht liebt; aber der Sohn Gottes, der Schönste unter den Menschenkindern, er liebt Sie. Was Sie da von Dummheit und Unwissenheit gesagt haben, ist nicht stichhaltig. Nicht derjenige ist dumm, der nicht lernen konnte, sondern derjenige, der nicht lernen will. Auch Ihrer Unscheinbarkeit läßt sich abhelfen. Sehen Sie zum Beispiel, diese Frisur kleidet Sie nicht und ebensowenig der Schnitt Ihres Kleides. Meine Ruth ist ein Muster von Schönheitssinn und wahrer Eleganz in christlichem Sinne. Sie werden sich mit ihr befreunden und ohne Worte durch ihr bloßes Beispiel vieles von ihr lernen."

„O, so fein werde ich niemals sein", seufzte sie traurig.

„Das können Sie nicht wissen."

„Sie hat mir angeboten, mir Klavierstunden zu geben, wenn Sie, Frau Baronin, es erlauben."

„Sehr gern, mein Kind. Kommen Sie wenigstens jeden zweiten Tag, denn jeden Tag zu kommen, würden Ihre übrigen Pflichten nicht gestatten. Dabei können Sie auch Englisch lernen. Aber da bringt man schon den Kaffee. Also, es bleibt dabei. Über den Winter werden Sie fleißig lernen, und wenn der Herr wieder Gesundheit schenkt, nehme ich Sie mit auf Reisen, sobald der Frühling kommt …"

„Nun, Olga, nehmen Sie es mir noch übel, daß ich Sie zur Frau Baronin geführt habe?" fragte der Doktor scherzend auf dem Rückweg.

„O nein, Duro, ich danke Ihnen innig. Ich habe gar nicht gewußt, daß es so gute Leute auf der Welt gibt."

„Wissen Sie, warum sie so gut sind? Weil sie Christum lieben, und weil er ihr Leben ist."

Zur gleichen Zeit kniete im Schloß von Zamojska Ruth Morgan am Lager ihrer Herrin, und die bleichen Lippen der Kranken sprachen vertrauensvoll: „Herr, wir danken dir, daß du uns Gelegenheit gibst, diese beiden teuren Seelen zu dir zu führen. O rette du sie bald, besonders diesen lieben Doktor. Er hat ja bekannt, daß er sich schon lange nach Licht sehnt, und er scheint nicht gesund zu sein. Und jenes arme, vernachlässigte Kind erwecke du zum Leben und gebrauche es als ein Werkzeug deiner Gnade. Aber rette auch ihren unglücklichen Mann! Tritt ihm entgegen auf seinen Wegen der Auflehnung und der Sünde! Öffne ihm die Augen auf irgendeine Art, und dann verbinde du, was die Sünde getrennt hat, sei es zeitlich oder ewig …"

* * *

Sechs Jahre – welch eine lange und wieder auch, welch eine kurze Zeit! Sie fliegt dahin wie ein Zugvogel, nur mit dem Unterschied, daß das, was vergangen ist, nimmer wiederkehrt.

Wieder schaukelte ein Schiff auf den Wellen der Donau. Aber es war diesmal keine Herbstnacht, sondern ein schöner Frühlingsmorgen. Auf dem Verdeck stand Michael Hodolitsch und betrachtete die aufgehende Sonne. Er kehrte in die Heimat zurück, nach der er sich in der Fremde so oft gesehnt hatte. Er durfte schon heimkehren. Dank dem treuen Schaffen Onkel Tichys und seiner eigenen Bemühungen lag der Betrag jener Vierzigtausend auf Olgas Namen in der Bank. Und der väterliche Stammsitz war von Schulden befreit. Mit gutem Gewissen konnte er vor seine Frau hintreten und ihr übergeben, was sein Vater sich zu Unrecht angeeignet hatte – und dann jene unwürdige Verbindung lösen.

Hodolitsch hatte jenseits des Meeres nicht nur Gold, er hatte auch die eine köstliche Perle gefunden, oder meinte doch, sie gefunden zu haben. Aus der Heimat war er als Gottesleugner gezogen, nun kehrte er mit dem stolzen Bewußtsein zurück, daß er ein Christ geworden war, ein Mitglied des weltweiten „Christlichen Vereins junger Männer", der besonders in Nordamerika reges Leben entfaltete. „Du Mann, was weißt du, ob du das Weib werdest selig machen?" stand es in der Bibel geschrieben. Und weiter oben: „So nun aber der Ungläubige sich scheidet, so laß ihn sich scheiden. Es ist der Bruder oder die Schwester nicht gefangen in solchen Fällen." Ihre Ehe war ja überhaupt keine Ehe, sie hatten einander niemals angehört. Jene sinnlosen Zeremonien und Gelübde vor dem Priester waren – gelinde ausgedrückt – eine Sünde gegen den Willen Gottes, unwürdige Bande, die er zerreißen mußte. Und alles, was in seiner Vergangenheit gewesen, hatte das Blut des Sohnes Gottes reingewaschen.

Nach dem, was der Onkel von seiner Frau schrieb, müßte mit ihr eine große Veränderung vorgegangen sein. Maßgebender war für ihn, daß Duro sie nach seiner ersten ungläubigen Antwort nie wieder erwähnt hatte. Duro hatte sich sicherlich getäuscht; er würde seine Frau so wiederfinden, wie er sie sich vorstellte, sooft seine Gedanken sie streiften.

Nun, er wollte eins tun: er wollte ihr ein Zeugnis von Christus ablegen – und ihr dann ihre Freiheit zurückgeben. Für ihre Zukunft war in hinreichender Weise gesorgt. Wenn sie sich wieder verheiratete, so war das für sie keine Sünde. Er wollte frei bleiben und nach Paulus' Rat kein Weib suchen. Er hatte Gelegenheit gehabt, in Brasilien einige abschreckende Exemplare kennenzulernen. Aber auch die christlichen Frauen Nordamerikas entsprachen in keiner Weise dem Ideal der Frau, das er jetzt hatte.

Noch ein paar Augenblicke – und das Schiff landete im Hafen. Die heimatlichen Ufer rückten immer näher. O, wäre er doch auch schon am Ziel der ersehnten Freiheit, das er sich in sechs langen Jahren Tag für Tag ausgemalt hatte!

Am Landungsplatz wartete der Wagen von Hodolitsch. Ein unbekannter Kutscher begrüßte ihn ehrerbietig und überreichte ihm ein Billett von Onkel Tichy. Dann besorgte er das Gepäck, und fort ging es in raschem Trab. Der Onkel entschuldigte sich, daß er durch dringende Arbeit abgehalten war, ihn persönlich abzuholen. Endlich tauchten die Mauern des stattlichen Herrenhauses auf. Um die Freitreppe, ja bis ins Stockwerk hinauf rankten sich Weinreben. Ein Lächeln überflog das Gesicht des jungen Mannes. Man merkte es, daß ein praktischer Idealist hier schaltete und waltete. Oben auf der Treppe wurde ein grauhaariger Männerkopf sichtbar, der nach dem Wagen Ausschau hielt. Nun hat er ihn entdeckt; er lächelt und schwenkt den Hut. Hodolitsch wird es warm ums Herz. Kein Wunder, es geht nach Hause. Noch ein paar Augenblicke, und er liegt in der Umarmung des Onkels. Ein Wort gibt das andere, die helle Stimme des jungen Herrn erklingt in dem Hausflur, wo blumengeschmückte Fenster und musterhafte Ordnung und Sauberkeit ihm von allen Seiten entgegensahen. Schönheit und Anmut grüßt ihn auch in den Zimmern auf Schritt und Tritt. Hodolitsch erkennt seine frühere Stube nicht recht wieder.

„Also, Duro hat mich nicht hier erwartet? Er ist ordentlich angestellter Arzt bei Zamojskys?"

„O, schon seit zwei Jahren, seitdem die Frau Baronin ihr Krankenhaus eröffnet hat. Er hat dort eine schöne, seinen Kräften und Gaben angemessene Wirksamkeit."

„Und seine Gesundheit?"

„Schwach, wie immer. Aber der Winteraufenthalt in Italien, wohin er die Damen begleitet hat, hat ihm sehr gut getan; er fühlt sich frischer."

„Und Olga?" kam es endlich mit Widerwillen über Hodolitschs Lippen.

„Du hast mir nicht erlaubt, sie zu benachrichtigen, sie ist gerade jetzt nicht daheim. Die Frau Baronin ist vergangene Woche nach England gereist; Olga vertritt sie auf Orlice."

Der junge Mann hätte gerne gefragt, worin sie denn die adlige Dame vertreten könne, aber der Onkel schien keine Lust zu haben, weiter darüber zu sprechen. Außerdem wurden sie zum Vesperbrot gerufen.

* * *

„Und nun muß ich zu ihr. Als Christ bin ich meinem Gott diese Selbstüberwindung schuldig", so grübelte er etwa eine Stunde später, als sie von einem Rundgang durch Hof und Garten zurückkehrten, wo er überall große, vorteilhafte Veränderungen wahrgenommen hatte. Wer ihn so durch den Hag dem Schloß von Zamojsky zuschreiten gesehen, hätte unwillkürlich gedacht: „Wohin und warum eilt er so?"

„O läge jene Begegnung schon hinter mir!" klang es in seinem Inneren. Die Sonne rüstete sich zum Untergang. Im Frühlingszauber lag die Welt vor dem einsamen Wanderer da. Als er die Brücke betrat, die über die Donauwindung führte, da war es, als blickten die warmen Sonnenstrahlen verwundert in das Antlitz des schönen Hodolitsch.

Dieses war merklich verändert. Es war männlicher, gebräunt, aber auch hager geworden. Jene sechs Jahre harter Arbeit hatten ihre sichtbaren Spuren darauf hinterlassen. In dem Moment, wo er das Parktor öffnete, trug ihm der warme Frühlingswind süßen Blumenduft entgegen. Es war wie ein linder Liebesgruß. Er beschleunigte seine Schritte. Beinahe hätte ihn diese Luft in holde Träume eingelullt, und für ihn gab es keine Träume. Vor ihm lag die öde, rauhe Wirklichkeit, ein Leben der Entsagung.

Er eilte raschen Schrittes die Terrasse hinauf, die im Schatten blühender Kastanienbäume dalag. Dort blieb er in jäher Verwirrung stehen und machte eine tiefe, aber etwas linkische Verbeugung vor der Dame, die von den Strahlen der untergehenden Sonne beleuchtet vor ihm stand. Er meinte, nie im Leben einer holdseligeren Erscheinung begegnet zu sein. Sie war hoch und schlank wie die Palmen um sie her. Sie trug ein leichtes mattgelbes Gewand, das ihre Gestalt in anmutigen Falten umfloß. Die reichen goldblonden Flechten umgaben das kleine, edel geformte Köpfchen gleich einem lieblichen Rahmen. Das Antlitz, das zwar nicht den Anforderungen eines Bildhauers entsprochen hätte, war dennoch ungemein fesselnd durch seinen geistvollen Ausdruck, den Abglanz einer schönen Seele und durch seine gewinnende Liebenswürdigkeit. Den rosigen Lippen hätte auch ein Lächeln sehr hübsch gepaßt, aber jetzt lag keins darauf. Statt dessen bedeckte eine gewisse Verwirrung das liebliche Antlitz. Unmutig und mit stolzer Selbstbeherrschung nahm sie die tiefe Verbeugung des jungen Mannes entgegen.

„Ich bin Michael Hodolitsch", stellte sich dieser vor. „Ich möchte mir erlauben, meinen Vetter Duro Tichy zu besuchen. Darf ich um Auskunft bitten, wo ich ihn finde?"

„Er ist augenblicklich nicht daheim", entgegnete sie mit wohlklingender, aber ein wenig verschleierter Stimme.

Michael fuhr sich durch das dichte Haar. Es war ihm peinlich, daß er nicht wußte, mit wem er sprach, noch wie er dieses holdselige Geschöpf anreden sollte. Aber wenn sie am Ende seine Frau war, so mußte sie sich ja denken, daß er auch zu ihr gekommen war. Er mußte eine Frage tun.

„Ich hätte gerne hauptsächlich deshalb mit Duro gesprochen, damit er mich zu Olga Hodolitsch führe." Das Wort „meine Frau" wollte ihm nicht recht über die Lippen.

Sie hob die langen Wimpern. Unwillkürlich überflog ein leises Lächeln ihr Antlitz.

„Sechs Jahre sind eine lange Frist, da verändern sich die Menschen. Es ist kein Wunder, daß du mich nicht erkennst", entgegnete sie auf slovakisch.

„Olga, du? Ist es möglich?" rief er aus. „Verzeih", fügte er in tiefer Verwirrung hinzu, „solch eine überraschende Veränderung hatte ich nicht erwartet."

„Das schadet nichts, du bist ja auch verändert. Onkel Martin hatte mir dein Kommen nicht mitgeteilt. Ich hätte mich freigemacht und wäre herübergekommen, um dich zu begrüßen. Du weißt wohl, daß ich Frau von Zamojska vertrete?"

„Du gedenkst also nicht mit mir nach Hause zu gehen?" fragte er stirnrunzelnd.

„Ich kann die mir anvertrauten Pflichten nicht verlassen."

Er blickte sie an, wie sie jetzt an seiner Seite schritt. Nicht mehr als ein Gespenst, nein, als die Krone der Schöpfung, als ein Weib in ihrer ersten Jugendblüte.

Höflich erkundigte sie sich, was für eine Reise er gehabt, ob er nicht an der Seekrankheit gelitten hatte. Er mußte gestehen, daß diese ihn nicht verschont hatte, umso mehr, da er kurz vorher am Fieber niedergelegen hatte.

„Auch wir hatten sehr darunter zu leiden, Ruth und ich, als wir nach England fuhren."

„Wann warst du denn in England?" fragte er verwundert.

„Vergangenes Jahr."

„Lange Zeit?"

„Fast fünf Monate."

„Da könnten wir uns ja auf englisch unterhalten", scherzte er in der Sprache Albions.

„Warum nicht? Ich liebe diese Sprache, sie ist so reich", entgegnete sie mit tadelloser Aussprache.

„Hat dich die Frau Baronin mitgenommen?" forschte er gespannt.

„Sie war so gütig. Aber Ruth und ich, wir weilten dann in verschiedenen Anstalten. Wir wollten verschiedene Krankenhäuser gründlich kennenlernen, um unser Krankenhaus zweckentsprechend einzurichten."

„Wo ist dieses Krankenhaus?"

„Von der Terrasse aus ist es nicht zu sehen, es liegt nahe an der Donau."

„Hat Duro es vollständig in Händen?"

„Als Arzt allerdings."

„Du sagtest vorhin: ‚unser Krankenhaus'. Seid ihr mehrere da?"

Sie errötete ein wenig. „Die Aufsicht über die Pflegerinnen liegt in den Händen Ruth Morgans. Die Apotheke und die Küche beaufsichtige ich."

Er machte ein erstauntes Gesicht. „Wie kommst du denn zu solch einem Ehrenamt?"

„Ich habe mein Examen als Apothekerin gemacht und darf Arzneien bereiten."

Unwillkürlich biß er sich in die Lippen.

Im Laufe des Gesprächs hatte er nicht bemerkt, daß sie in einen Raum voll Blumen und Licht eingetreten waren.

Sie bot Michael einen Platz an und setzte sich selbst mit solch ungezwungener Anmut in eine Sofaecke, daß sie sich ruhig in jeder Gesellschaft sehen lassen konnte. Sie klingelte dabei, und als ein Diener eintrat, sagte sie in fließendem Kroatisch: „Legen Sie, bitte, zum Abendessen ein Gedeck mehr auf. Wenn der Herr Doktor bis sieben Uhr nicht kommt, warten wir nicht auf ihn. Bestellen Sie Fräulein Ruth, daß Herr Hodolitsch zu Besuch gekommen sei."

Der Jüngling mit den feurigen Augen verneigte sich und verschwand.

„Ich gedenke nicht, die Gastfreundschaft der mir unbekannten Frau von Zamojska anzunehmen", wehrte Hodolitsch ab.

„Du bist nicht bei unserer teuren Mutter zu Gast, sondern bei dem Personal des Krankenhauses."

Er verneigte sich. „Hat die Dame so großen Nutzen von ihrem Krankenhaus, daß sie sich solch ein ‚nobles Personal' halten kann?"

„Die Einnahmen sind wohl groß, aber die Ausgaben nicht minder, da wir Arme unentgeltlich behandeln. Für unsere Diakonissen zahlen wir dem Mutterhaus eine schöne Summe so lange, bis unsere Schwestern von ihrer Ausbildung zurückkehren. Sonst kostet sie das ‚noble Personal' nichts, mit Ausnahme des Doktors. Aber das versteht sich von selbst:

Ein Arbeiter ist seines Lohnes wert. Ruth ist Frau von Zamojskas Gesellschafterin und hat als solche ihr Gehalt. Sie und ich, wir dienen den Kranken freiwillig aus Liebe und Dankbarkeit gegen den Herrn Jesum."

Er zuckte zusammen. Wie sie das gesagt hatte! Er war bisher nicht dazu gekommen, ihr ein Zeugnis abzulegen, und nun kam dieser Name so einfach und ungezwungen von ihren Lippen.

Der Diener, der das angerichtete Abendbrot meldete, störte das Gespräch. Sie traten auf die Veranda, die mit einer Glastür versehen war. Von hier aus bot sich eine reizende Aussicht. In den Fluten der Donau, die unterhalb des Parkes dahinfloß, spiegelte sich das Abendrot. Alsbald saß eine malerische kleine Gesellschaft beisammen. Außer dem Gast zwei junge Damen, die eine fesselnder als die andere, zwei freundliche Diakonissen, der Verwalter von Orlice und freiwillige Schatzmeister des Krankenhauses, Herr Nikolitsch, ein junger, in der Rekonvaleszenz befindlicher Student, namens Mraz. Ein Platz war noch leer. Der Diener stellte das Tischchen mit dem Samowar neben die Hausfrau. Eine Schwester reichte die Tassen umher. Als alles bereit war, öffnete sich die Tür. In derselben erschien, vom Abendrot beleuchtet, der junge Doktor. Gerade in diesem Augenblick faltete Fräulein Ruth die Hände und dankte mit einem kurzen Gebet dem Herrn für die vor ihnen liegenden Gaben. Auch der Doktor schloß die Augen und betete. Dafür behielt der Gast sie offen und blickte voll stummer Überraschung von einem zum anderen, bis er sie endlich auf dem Antlitz des Freundes ruhen ließ. Wie seltsam es war! Ja, es war schön mit seiner durchsichtigen Blässe und den feinen blauen Adern an den Schläfen, mit dem Abglanz warmer Liebe in den Augen, die jetzt gerade auf ihm ruhten. Aber diese Schönheit war nicht von dieser Erde. Es lag etwas Himmlisches, Vergeistigtes darin. Im nächsten Augenblick lagen sich die Freunde in den Armen. Als sie sich dann zu Tisch setzten, begann die Mahlzeit.

Wie interessant war das Gespräch während derselben! Nur kluge, gebildete Menschen können sich so unterhalten. Ja, noch mehr – Michael fühlte das – nur wahre Christen! Aber wo waren Duro und Olga zu diesen Anschauungen gekommen?

Nach dem Essen setzte sich Fräulein Ruth ans Klavier. Nikolitsch ergriff die Geige, Olga mit den Schwestern und dem Studenten standen um sie her, und ein schöner, vierstimmiger Lobgesang stieg jubelnd zum Himmel empor.

„Aber Duro, nun sage mir, was ich mir denken soll?" Michael umarmte den Freund, der neben ihm auf einem niedrigen Sofa saß.

„Daß wir Christum gefunden haben und daß er uns sehr glücklich gemacht hat, besonders mich. Verzeih, Michael, ich hätte dir längst ein Zeugnis ablegen und dich fragen sollen, ob du die Wahrheit gefunden hast. Wir haben all die Jahre darum gebetet."

„Ich habe sie gefunden, Duro. Aber bei mir ist das nichts Wunderbares. Ich war nicht die ganze Zeit in Brasilien, ich kam nach Nordamerika. Dort hatte ich Gelegenheit, großen Evangelisationsversammlungen beizuwohnen. Aber ihr?"

„Uns lebten zwei Christinnen vor den Augen, das andere hat uns Gottes Geist und Gottes Wort gesagt. Aber, mein Bruder, wiederhole es mir noch einmal: Bist du gerettet?"

„Ich bin auf die Seite Christi getreten."

Die Herren schwiegen und lauschten dem schönen Gesang. Nach Beendigung des Liedes dankte der Gast für den unerwarteten Genuß. Die kleine Gesellschaft trennte sich, ein jeder ging seinen Pflichten nach.

„Olga, gehen Sie noch ins Krankenhaus?" fragte der Doktor die junge Frau, die soeben von der Köchin abgerufen wurde.

„Ja, Duro, ich habe den Schwestern noch Arzneien herauszugeben und muß auch noch den Speisezettel in der Küche durchsehen."

„Ich warte auf Sie, wir gehen zusammen."

„Gerne, ich komme gleich."

Die Herren gingen wieder auf die Veranda und setzten sich auf Korbstühle.

„Duro, mein Kamerad, wie geht es dir?"

„Sehr gut, mein Bruder."

„Das sehe ich – seelisch; aber körperlich?"

„Auch körperlich geht es mir über Erwarten gut."

„Siehst du? Und damals sprachst du, als wärest du gar nicht willens, mich zu erwarten. Du wirst auch noch ganz gesund werden."

„Du hast recht – und gar bald." Ein schönes Lächeln überflog das bleiche Antlitz. „Aber nun teile mir mit, wie du daheim alles gefunden hast."

„Vorzüglich. Ich bin deinem Vater zu großem Dank verpflichtet."

„Es ist wahr, Vater hat sich große Mühe gegeben; aber ohne Olgas Mithilfe wäre das nicht gegangen."

„Gibt sie sich denn auch jetzt noch mit solch prosaischen Arbeiten ab, wo sie solch eine große Dame geworden ist?"

„Olga eine Dame? Das finde ich nicht gerade. Wenn irgend jemand, dann hat sie am besten die Bedeutung des Wortes ‚dienen' erfaßt. Aber wozu darüber reden? Du wirst dich bald genug selbst überzeugen."

„Und du fragst mich nicht, was ich zu der Veränderung sage, die mit ihr vorgegangen ist?"

„Eine Veränderung! Das ist wahr. Wir haben längst das schüchterne, unwissende Kind vergessen und uns daran gewöhnt, unsere Schwester so zu sehen, wie sie unser himmlischer Freund gemacht hat. Dir ist sie neu."

„Du hast dein mir gegebenes Versprechen gehalten, Duro. Ich muß meine Worte, die ich jenes Mal auf dem Schiff sagte, zurücknehmen. Sie war eben nur ein Kind und hat sich sehr zu ihrem Vorteil entwickelt. Aber gestehe es, du hast dir ihre Erziehung sehr angelegen sein lassen."

„Ja, mein Bruder. Zuerst tat ich es um deinetwillen; dann um meinetwillen, weil es mir mein trauriges Leben versüßte; später um ihretwillen, als ich ihren wahren Wert erkannte; endlich um des Herrn willen, dem ich eine treue Dienerin erziehen wollte, und das war wohl das Beste. Glaube mir, niemals ist ein Lehrer durch so glänzende Erfolge belohnt worden wie gerade ich. Freilich, solch ein liebenswürdiges Geschöpf hat meine Schule nicht aus ihr gemacht. Aber da kamen vier zarte weibliche Hände dazu. Ihnen gelang es, dem weichen jungen Herzen das Bild weiblicher Würde einzuprägen. Aber weder sie noch ich hätten etwas Dauerndes erzielt, wenn nicht Christus ihr Leben geworden wäre."

Der Doktor sprach ernst, fast träumerisch.

„Und womit hat sie dir all deine Sorgfalt gelohnt?" fragte Michael ein wenig ironisch.

„Sie mir? O, mein Freund, niemals hatte ein Kranker eine liebevollere, treuere Schwester. Ohne ihre Pflege hättest du mich kaum noch vorgefunden. Du sollst sehen, wenn sie uns nachkommt, bringt sie mir meinen Mantel, den ich vergessen habe. Sieh, da kommt sie; nun, irre ich mich?"

Der Doktor hatte sich nicht geirrt; die junge Frau brachte seinen Mantel.

„Duro, Sie haben Ihren Mantel vergessen, und es ist kühl", sprach sie voll schwesterlicher Besorgnis. In dem Herzen des jungen Mannes regte sich ein häßliches, bitteres Gefühl des Neides. Freilich, Duro hatte sich diese Liebe in reichem Maße verdient; ihm jedoch war sie zu nichts verpflichtet, denn er hatte ihr niemals etwas geboten. Im Flur des Krankenhauses trennten sie sich. Er ging mit Duro nach oben, sie verschwand im Erdgeschoß. Der Doktor zeigte dem Gast den Saal mit den Kranken, zwar nur von der Türschwelle aus. Die Patienten grüßten ihn voll Ehrerbietung. Man sah, daß er hier geliebt und geschätzt war. Dann führte er den Freund in die Apotheke.

„Sieh, hier ist Olgas Feld. Sie ist eine vorzügliche Apothekerin. Im Laboratorium kennt sie sich besser aus als ich. Kürzlich hat sie mit Fräulein Ruth eine Reise in die Tatra unternommen, um Heilkräuter zu sammeln. Nun sind wir damit hinreichend versorgt. Ruth ist Botanikerin vom Fach. Als wir in Italien waren, haben wir auch von da manches mitgebracht." „War Olga auch mit euch?" „Natürlich."

„Liegt denn der Baronin so viel an ihr?" „Sie liebt sie und betrachtet sie als ihre Tochter an Stelle der eigenen, die Gott ihr vor Jahren genommen hat. Sie blickt mit so viel Freude auf sie wie ich. Wir werden beide nicht mehr lange hier sein. Die Dame halten nur die Gebete derjenigen, die sie lieben. Ich fürchte, bei mir ist es auch so, obwohl ich mich nicht mit ihr vergleichen kann. Aber es freut uns, daß in dieser jungen Arbeiterin ein Ersatz zurückbleibt. O Michael, wie glücklich bin ich, daß du als Christ zurückkehrst! Du wirst sie nicht hindern. Aber ich habe geglaubt und vertraut, daß es so kommen würde."

„Du hast recht; ich gedenke sie nicht zu hindern, sondern ihr zu helfen. Ich will sie selbständig machen, den ihr gebührenden Anteil samt den Zinsen in ihre Hände legen und dann die Scheidung beantragen."

„Michael, so sprichst du als Christ?"

„Es sind der Bruder und die Schwester nicht gefangen in solchen Fällen."

„Ja, wenn sie ungläubig wäre."

Hodolitsch wurde verwirrt. Er blickte starr ins Leere.

„Aber bedenke, unsere Verbindung hat die Sünde zustande gebracht."

„Ja, aber Christus kann diese eure Verbindung neu knüpfen und heiligen. Ihr seid euch gegenseitig noch fremd."

„Und wir werden uns nie aneinander gewöhnen."

„Nun, dann könnt ihr immer noch auseinandergehen. Aber nicht früher, bevor ihr nicht ehrlich versucht habt, euch gegenseitig kennenzulernen und zu ergänzen."

In tiefen Gedanken versunken verließ der junge Mann den Sitz der Freunde. Der Doktor wurde in den ersten Stock zu einem Schwerkranken gerufen. Olga blieb in der Apotheke, denn es galt, eilig eine Medizin zu bereiten. Sie geleiteten den Gast nur eben zur Tür und dieser schied mit sehr gemischten Gefühlen.

* * *

Eine schöne Sommernacht lag über der Donauwindung. Die Sterne spiegelten sich in den Wellen des mächtigen Stromes, der ungehemmt dem Schwarzen Meer zueilte. Am Ufer unter den dichtbelaubten Bäumen ging die junge Frau ruhelos auf und nieder. Man sah ihr an, daß sie alles um sich her vergessen hatte. Auf ihrem Gesicht malte sich heftiger Kampf, der nicht zur Ruhe kommen wollte, da nirgends der Sieg winkte. Was ging in diesem erregten jungen Herzen vor?

„Herr Jesus", rief sie endlich aus, faltete die Hände und drückte sie an die stürmisch wogende Brust, „gib mir Licht, ach, gib mir Licht!" Sie setzte sich auf einen Felsblock, der hier den Fluß überragte, und blickte in die Fluten, die im Silberlicht des Mondes erglänzten.

„Bisher habe ich meinen Weg so klar vor mir gesehen", fuhr sie in halblautem Gebet fort, „und nun ist mir alles so dunkel. Ich weiß nicht, wo meine Pflicht anfängt und wo sie aufhört. O, gib mir Licht!"

Zu ihren Füßen rauschten die Wogen, jenseits des Ufers rauschten die Bäume des Waldes. Es war, als sängen sie ihr:

„Hier auf Erden bin ich ein Pilger,
Und mein Pilgern währt nicht lang;
O, laß mich ziehen zu jenen Höhen,
Wo Friedenspalmen auf ewig wehen!
Wo die Sonne auf immer scheinet,
O, wie sehne ich, o wie sehne ich mich dahin!
Ich bin ein Wanderer in fremden Landen,
Mein Herz ist traurig, mein Geist in Banden.
In dem Lande, zu dem ich gehe,
Mein Erlöser, mein Erlöser ist das Licht:
Da ist kein Kummer und kein Verderben,
Da ist kein Irren und auch kein Sterben."

Ach, es gibt Augenblicke, da es dem Herzen scheint, daß nur der Tod Erlösung und Befreiung bringen könnte. Jahre waren vergangen, die sie in eifriger Arbeit und ernstem Studium verbracht hatte. Es waren lange Jahre, und doch waren sie vergangen wie ein Traum. Gleich einer verschmachtenden Blume hatte sich das einsame Herz dem Tau des lebendigen Wassers und dem Licht der ewigen Sonne erschlossen. Ein großes Glück, wie es die Aufnahme Christi mit sich bringt, hatte ihr Leben mit rosigem Schimmer verklärt, und da hatte die Seele vergeben gelernt. Olga Hodolitsch hatte vergessen, daß ihr

Mann ihr solche Schmach angetan, daß er von ihr gegangen war und sie in völliger Unwissenheit und Hilflosigkeit zurückgelassen hatte. Wenn sie in die Vergangenheit zurückblickte, mußte sie ihm recht geben. Sie war so gewesen, wie er sie beschrieben hatte. Nur der Herr Jesus und diejenigen, in deren Herzen seine Liebe wohnte, hatten sie emporheben und zu einem nützlichen Mitglied der menschlichen Gesellschaft machen können. Nun, Olga hatte geglaubt, daß sie längst alles vergeben und vergessen hatte – und jetzt? Sie erkannte, daß die Wunde nicht geheilt war. Alte Erinnerungen lebten auf, furchtbare Augenblicke erstanden aus dem Grab. Es war ihr, als führte man sie heute vom Grab der Mutter weg, das Herz voll Trauer und Verlassenheit. Dann kam die Hoffnung geflogen, daß sich der Waisen ein Heim öffnete, und jugendliche Träume und Luftschlösser erfüllten das Herz. O, wie nahm sie sich vor, ihr Leben lang den Hodolitschs zu dienen und ihnen die Liebe zu vergelten, mit der sie sie in die Familie aufnehmen wollten. Und als sie Michael zum ersten Mal gesehen, wie hatte ihm ihr Herz entgegengeschlagen! Der schöne Jüngling übertraf alle ihre Vorstellungen und mädchenhaften Ideale.

Und dann jene furchtbare Enttäuschung! Ach, wie schrecklich waren diese Erinnerungen! Gefühle, die sie jahrelang zurückgedrängt hatte, traten an die Oberfläche. Dieser Mann, der heute vor sie hingetreten, war ihr vollständig fremd. Kein Faden von

Sympathie verband ihr Herz mit dem seinigen. Ja, fremd, fremder wie irgendeiner der Patienten, die dort im Krankenhaus lagen und ihrer Hilfe bedurften.

Einst – vielleicht in dem Wunsch, den Neffen zu entschuldigen – hatte Tichy ihr das bisher ungelöste Rätsel enthüllt, warum Michael in die Heirat mit ihr eingewilligt hatte. Für einen Augenblick hatte es ihn in ein günstigeres Licht gestellt, daß er bereit gewesen war, sich zu opfern, um dem Vater zu helfen.

Aber als sie darüber nachdachte, erkannte sie mit Schmerz, daß er ihr anstatt des Brotes, nach dem sie hungerte, einen Stein, anstatt verwandtschaftlicher Liebe ein Stück Gold bieten wollte. Sie war fest, ja unwiderruflich entschlossen, jene Tausende, um derentwillen er die Heimat verlassen hatte, niemals anzunehmen. Es waren seine Schwielen, und sie bedurfte ihrer nicht. Wenn sein Opfer das Gewissen des unglücklichen Onkels beruhigt hatte, so hatte es für jene Stunde Gültigkeit gehabt, weiter nicht. Als sie von ihrem väterlichen Freund vernommen, daß Michael zurückzukehren gedachte, hatte sie sich bemüht, im Schloß von Hodolitsch alles so zu ordnen, daß sie dessen Schwelle nicht mehr betreten mußte.

Sie hatte zwar als Apothekerin des Krankenhauses kein Gehalt, aber sie brauchte es nicht. Sie ließ sich genügen, wenn sie Kleidung und Nahrung hatte.

Außerdem hatte sich ihr in den letzten zwei Jahren eine kleine Einnahmequelle erschlossen: sie verstand es vorzüglich, Marmeladen und Fruchtsäfte einzukochen. Die Köchin des Hauses hatte ihr die Adressen einiger Geschäfte verschafft, die ihr dieselben abnahmen. Onkel Tichy wehrte ihr nicht darin. Auf diese Weise deckte sie ihre Ausgaben für Kleidung und Schuhe. Ja, es blieb noch etwas für ihre Reisen.

Seitdem sie erfahren hatte, was für ein Kapital das war, dessen Zinsen sie bisher bezogen, hatte sie von Hodolitschs keinen Heller mehr angenommen. Nur Onkel Tichy wußte es, daß die für sie bestimmten Zinsen für Reparaturen in Haus und Garten und zur Deckung des Haushaltes verwandt wurden. Er ließ sie gewähren, und so hatten sie mit vereinten Kräften Michaels Rückkehr ermöglicht und seinen Besitz zu einer Blüte gebracht, welche den Neid und die Bewunderung der Nachbarn erregte.

Er hatte durch seinen sechsjährigen Aufenthalt in der Fremde nichts verloren, er kehrte mit reichen Erfahrungen zurück. Und wenn ihm der Mammon so teuer war, daß er Olga damit alles zu bezahlen gedachte, was sie an seiner Seite entbehrt hatte, konnte er sich daran erfreuen.

So hatte Olga zeitweise gegrübelt. Sooft ihr einfiel, daß sie als seine Frau zu ihm zurückkehren müßte, hatte sie diesen Gedanken als etwas Unmögliches, Schreckliches verscheucht. Er wollte für den Mammon, sie wollte für Christum leben. Er war ihr fremd, sie war ihm widerwärtig. Sie waren sich niemals Mann und Weib gewesen. Jene zu Unrecht bestehende äußere Verbindung konnte er leicht lösen. Er war der schöne, reiche Hodolitsch und konnte unter hundert Frauen wählen. Sie wollte sich gerne mit der Aufgabe begnügen, die ihr der Herr gegeben hatte.

So hatte sie früher wohl gedacht, aber was nun? O, ersehnte Freiheit, wohin bist du entschwunden? – Michael war zurückgekehrt, aber nicht der alte, weltliebende, gottentfremdete Michael. Nein, er war nach seinen eigenen Worten auf die Seite Christi getreten. Und eine Scheidung zwischen Gotteskindern – das brächte Schmach und Schande auf den Namen Christi. Ein getrenntes Leben konnte hier in Niederungarn, wo so viele Frauen nicht mit ihren Männern lebten, mancher Seele ein Ärgernis geben. Und zusammenleben? Ach, das war unmöglich!

„Ich kann niemals die Seinige sein, geliebter Herr, niemals! Du weißt, ich kann nicht!"

Das Köpfchen sank auf die Brust herab. Die goldblonden Flechten hatten sich gelöst. Sie bedeckten das blasse Antlitz.

Durfte sie das zugeben, daß er sich solch ein Opfer, solch eine Selbstverleugnung auferlegte? Daß er sich schütteln mußte, wie jenes Mal, da sie ihm am Sarg des Vaters die Hand auf die Schulter gelegt hatte? Nein, o nein! Sie war zwar nicht mehr so abschreckend häßlich, aber sie war auch keine Schönheit.

In einigen Jahren würde sie altern und wieder weniger vorteilhaft aussehen. Und er schätzte die Menschen nur nach dem Äußeren. Gewiß, sie verstand es jetzt, sich geschmackvoller zu kleiden, sich besser zu bewegen. Aber für ihren inneren Wert hatte er kein Verständnis. Für sie hingegen kam das Äußere nur insofern in Betracht, als sie stets dessen eingedenk war, daß ihr Herr sich auch diese leibliche Hülle erkauft hatte. Ihm gehörte sie an.

O, wo war ihre mütterliche Freundin, daß sie nicht den Kopf in ihren Schoß legen konnte! Vielleicht würde sie ihr raten können. Aber würde sie ihr auch helfen können? Und wie, wenn sie etwa sagte: „Die Frau gehört zu ihrem Manne!"? Ach, nur das nicht, nur das nicht!

„Olga, teure Schwester!" erklang es plötzlich über der zusammengekauerten Gestalt. Die schmerzumflorten Augen blickten bestürzt in das durchsichtige Antlitz, aus welchem ihr etwas von der Liebe Christi entgegenstrahlte.

„Olga, blicken Sie nicht auf die Wellen, blicken Sie auf Christum! Mit ihm werden Sie auf diesen Wellen gehen. Fürchte dich nicht, glaube nur!"

„Ach, Duro!" Endlich fand sie erleichternde Tränen. Der Doktor ließ seine Schülerin ausweinen, er fühlte mit ihr. Plötzlich hielt sie inne.

„Duro, was tun Sie jetzt noch draußen?" fragte sie bestürzt.

„Ich konnte nicht schlafen vor Glückseligkeit. Es

war mir aufgefallen, daß Sie kein Licht mehr hatten. In Gedanken verloren, kam ich bis hierher. Mein Herz trieb mich, Sie zu suchen."

„Sie konnten nicht schlafen vor Glück? Wieso?"

„Denken Sie, daß das kein Glück ist, wenn wir viele Jahre für einen teuren Freund gebetet haben und Gott uns erhört?"

Sie errötete bis unter die blonden Haare und fühlte einen Stich im Herzen. Was für eine Christin war sie? Sie hatte sich noch gar nicht darüber gefreut, daß der Herr ihre Bitten erhört hatte. Ach, ihre Gebete waren sicher nicht so aufrichtig gewesen wie die des Freundes.

„Olga, begraben Sie die Vergangenheit dort, wo unser liebevoller Heiland sie zusammen mit der unserigen begraben hat. Er hat gesagt: ‚Siehe, ich mache alles neu!' Lassen Sie die Gegenwart und die Zukunft in seiner festen Hand."

„Das will ich ja, Duro, glauben Sie mir. Nur geben Sie mir Licht, was ich jetzt tun soll."

„Jetzt? In Ihr Zimmer gehen, sich in die Arme des guten Hirten legen und ihm alle Sorgen überlassen."

„Aber morgen?"

„Wie gewöhnlich erst Ihren Pflichten nachgehen, den Schwestern die Medikamente herausgeben und dann nach Hodolitsch gehen, um Ordnung zu machen."

„Aber nicht dort bleiben?"

„Selbstverständlich nicht, bevor Frau von Zamojska nicht zurückgekehrt ist."

„Und dann?"

„Das weiß der Herr. Er sagt: Jeder Tag hat an seiner Plage genug."

„Haben Sie Dank für den Trost, für das Licht, o vielen Dank!" Sie drückte dem Doktor die Hand und wollte davoneilen; dann aber kehrte sie zurück.

„Bleiben Sie nicht draußen, es ist feucht und kühl."

Sie gingen zusammen weiter.

„Nicht doch, es ist heute solch eine schöne Nacht, wie wohl jene gewesen, die er, unser dornengekrönter König, im Gebet in Gemeinschaft mit seinem Vater verbracht hat. Olga, erinnern Sie sich noch, wie es war, als wir an jenem Winternachmittag zum ersten Mal die Schwelle von Orlice überschritten? Draußen war es Winter, und in unseren Herzen war es auch kalt, finster und leer. Welch ein Unterschied zwischen damals und heute, wo wir auch singen dürfen:

Seit mich der Herr gefunden,
Ist meine Seele frei,
Der Zweifel ist geschwunden
Und Furcht und Angst vorbei.
Mein Pfad ist nicht mehr dunkel,
Mir scheint die Sonne ja,
Sie ist mir aufgegangen
Am Kreuz auf Golgatha.

In meiner Seele singt es
Und jeder Tag ist licht;
Ich freu' mich, bis ich droben
Einst schau' sein Angesicht.

Bedenken Sie, wenn Sie dieses Glück entbehren, diesen Schatz verlieren sollten!"

„Christum verlieren?" rief sie erschrocken. „O, das würde ich nicht überleben. Alles kann ich verlieren, nur ihn nicht!"

Er lächelte ein wenig. „Erlauben Sie, daß ich zum ersten und letzten Mal jenen schmerzlichen Punkt berühre und Ihnen die ganze Tragödie ins richtige Licht stelle. Wir wollen den Fall annehmen: Der Herr hat Sie mit äußerer Schönheit ausgestattet. Sie kommen auf Hodolitsch und bezaubern Michael. Er bleibt in dem Netz Ihres goldenen Haares hängen und ein feuriges, leeres Herz entbrennt in leidenschaftlicher Liebe zu Ihnen. Mit seiner Schönheit und seinen hervorragenden Gaben wird er das Götzenbild, vor dem Sie in den Staub sinken. Selbstverständlich bleibt er daheim. Sie, anstatt sich zu bilden, bleiben auf derselben Stufe stehen, unentwickelt, zwar begabt, aber vernachlässigt, mit jenem beschränkten Gesichtskreis, nun von ungewohntem Reichtum umgeben; in ein oder zwei Jahren werden Sie Mutter eines Kindes, das infolge einer schlechten, unvernünftigen Erziehung im voraus zum Verderben bestimmt ist. Keiner von Ihnen beiden wird in diesem Rausch flüchtigen Glückes nach Christus, nach Heil verlangen. Und keiner wird es finden. Und nach sechs Jahren voll bitterer Enttäuschungen wären Sie heute eine frühzeitig gealterte Frau, mit einem Herzen voll Bitterkeit, liebeleer und des ewigen Friedens bar.

Nun, wenn wir das von dieser Seite betrachten, scheint es mir, daß Sie nicht soviel Grund zum Weinen haben. Sie dürfen vielmehr ausrufen: ‚Das Los ist mir gefallen aufs Liebliche, mir ist ein schönes Erbteil worden.‘ – Heute stehen Sie am Anfang des Lebens. Die letzten Jahre waren nur eine Vorbereitung. Und mag Ihr Leben auch schwer und reich an Kämpfen werden, so wird es dennoch ein glückliches sein, denn Ihr Glück ist in Christo, und Ihr Leben ist mit Christo verborgen in Gott. Daß Sie Michael heute nicht so lieben können, wie eine Frau ihren Gatten lieben soll, ist begreiflich. Er hat Ihre Liebe im Keim zertreten. Aber lieben Sie ihn als einen Ihrer Miterlösten, dessen Errettung Christum das Leben gekostet, so gut wie die unsrige!

Ich möchte hinzufügen: Lieben Sie ihn so schwesterlich, wie Sie mich vom ersten Tage an geliebt haben. Aber ich kann es leider nicht. Zu mir zog Sie das Mitleid, und ich habe Ihnen nie etwas zuleide getan."

„Sie haben mich vielmehr wie ein Bruder geliebt", fiel ihm die junge Frau ins Wort. „Ihnen danke ich nächst dem Herrn alles. Der Herr Jesus möge es

Ihnen ewiglich vergelten. Sie haben mir auch jetzt den Frieden wiedergegeben. Ja, das Los ist mir gefallen aufs Liebliche, und ich habe sicherlich keinen Grund zu Tränen. Sie sollen mich nie mehr weinen sehen. Ich glaube, daß er mit seiner mächtigen Hand alles leiten wird. Ach, ich will niemals vergessen, dafür zu danken, daß ich das Werkzeug zu Michaels ewiger Errettung sein durfte, wenngleich auf sehr demütigende Art."

„Haben Sie Dank für dies Wort, Olga, es macht mich sehr glücklich."

„Darf ich Sie noch etwas fragen, Duro?"

„Natürlich, mein Schwesterchen."

„Warum war es damals auch in Ihrem Herzen Winter? Nur deshalb, weil der Herr, die ewige Sonne, Ihnen noch nicht aufgegangen war?"

Der Doktor fuhr sich mit der Hand über die Stirn. „Auch mich hat der Herr schwere Wege geführt. Ich mußte unter tiefem Weh erkennen, daß es galt, dem Traum vom Familienglück für immer zu entsagen. Mein einziger Trost mußte damals der Umstand sein, daß das Wesen, das mir teurer war als mein eigenes Leben, von meiner Liebe nichts ahnte und die glückliche Braut eines anderen wurde. Sehen Sie mich nicht so traurig an. Es war ein großer Schmerz, aber auch ich durfte es erfahren:

Schwindet der Erde Tand,
Löst sich manch Liebesband,

71

Hält mich die Friedenshand:
Jesus ist mein!

Und nun wollen wir das alles dort begraben, wohin es gehört."

Der Doktor nahm den Hut ab, faltete die Hände und übergab in innigem Gebet sich und die junge Frau dem Herrn, der in ihrem Herzen las und sie trösten konnte.

* * *

Ach, oft weiß der Mensch nicht, was ihn daheim erwartet, wenn er so ungeduldig der Heimat zueilt. Kaum war Herr Michael Hodolitsch daheim ein wenig warm geworden, kaum hatte er den Besitz in Augenschein genommen und sich an dessen Aufblühen erfreut, da stellte sich ein ungebetener Gast ein – die Malaria, und zwar in einem Maße, wie sie ihn selbst in Brasilien nicht geschüttelt hatte. Und Krankheit ist ein lästiger Gast, den man nicht so schnell los wird. Die ersten beiden Tage suchte sie Herr Michael heldenhaft zu überwinden. Aber am dritten Tage, als er gerade bei seinem Freund war, packte sie ihn so heftig, daß ihm nichts anderes übrig blieb, als sich in der Nebenstube zu Bett zu legen. Mehrere Tage vergingen in heftigem Fieber. Der junge Hodolitsch wußte nichts davon, daß ihn jene Hände pflegten, deren Berührung vor Jahren solch einen Abscheu in ihm wachgerufen; er sprach in seinen Phantasien davon, daß ihn eine Fürstin pflegte.

Endlich wich das Fieber. An seine Stelle trat eine Schwäche, daß Herr Michael kaum ein Glied rühren konnte. Er hatte ähnliches schon in Brasilien erlebt, aber nicht in solchem Maße. Aber der Kranke ist gut daran, dem erfinderische Liebe jede Stunde zu verschönen trachtet. Herr Michael mußte gestehen, daß er noch kaum solche Tage durchlebt hatte, wie sie ihm der Doktor und die beiden Damen bereiteten. Ruth Morgan sang und spielte ihm vor. Olga las ihm kroatische und englische Bücher vor. Auf seinen Wunsch erzählte sie ihm in fesselnder Weise von ihren Reisen durch Schottland, England und Italien. Aber sie beschrieb ihm auch die Reise durch die Tatra mit soviel Poesie, daß ihm unwillkürlich der Wunsch aufstieg, diesen ihm noch unbekannten Teil seiner Heimat kennenzulernen. Auch Onkel Tichy kam alle Tage. Er berichtete ihm, wie die neuen Projekte durchgeführt wurden, daß die bestellten Maschinen und der herbeigerufene Monteur eingetroffen waren.

Dennoch kam es vor, daß er manche Stunde allein lag. Und da rechnete er und sah die Rechnungsbücher durch, die Onkel Tichy ihm auf sein Verlangen gebracht hatte. Dabei bedeckte oft eine Wolke seine Stirn. So fand ihn eines Tages der Onkel vor.

„Es ist gut, daß du kommst", rief ihm der Kranke entgegen. „Du kannst mir ein gewisses Rätsel lösen."

„Gerne, Michael; aber wie geht es dir?"

„Ich hoffe, daß sie mich bald aus diesem Gefängnis entlassen."

„Sei nicht undankbar", drohte der Greis. „Es hätte länger dauern und schlimmer enden können. Denkst du, daß unsere Lieben nicht alles getan haben, um es dir zu verkürzen und zu verschönen?"

„Ich bin nicht undankbar", entgegneten die stolzen Lippen ernst. „Aber soviel erwiesene Güte bedrückt, wenn man keine Möglichkeit sieht, sie zu vergelten. Doch lassen wir das, Onkel. Sage mir lieber, wie es kommt, daß die unbedeutenden Ausgaben für Olgas Bedürfnisse und für ihre Reisen seit zwei Jahren nicht in den Rechnungsbüchern zu finden sind?"

Tichy wurde verwirrt.

„Sage, Onkel, hat das alles die Frau Baronin bezahlt?"

„Nein, Michael, sie hat es selbst bezahlt." Und nun blieb dem Onkel nichts anderes übrig, als Michael zu gestehen, daß Olga, sobald sie den Grund für Michaels Reise nach Brasilien erfahren, nicht nur für ihre Person keinen Heller mehr von Hodolitsch angenommen, sondern auch die ihr zustehenden Zinsen zum Besten des Hauses verwendet hatte.

Dadurch war es erhalten und instandgesetzt und somit dem Besitzer die baldige Heimkehr ermöglicht worden.

Tichy ahnte nicht, welch einen Sturm er in der Seele des stummen Zuhörers entfesselt hatte.

„Michael, was ist dir?" Erschrocken beugte er sich zu dem Neffen herab.

„Da fragst du noch?" stöhnte der Kranke. „Warum hast du die Sünde meines Vaters vor ihr aufgedeckt? Warum hast du sein Andenken im Grabe geschändet?"

„Sie ist eine Christin, Michael. Sie hat nicht gerichtet, sondern deinen Vater aufs tiefste bedauert", entgegnete der Greis. „Sie hat mir für meine Mitteilung gedankt und seitdem seinen Grabhügel oft mit Blumen geschmückt. Sie schätzt es, daß er sein Unrecht gutmachen und ihr Liebe erweisen wollte."

Weiter kamen die Herren nicht. Der Doktor trat ein und meldete, daß Fräulein Morgan der Frau Baronin entgegenfahren wolle. Ihm folgte die junge Dame, um sich zu verabschieden. „Ich hoffe", sagte sie freundlich, „daß Sie meine teure Gebieterin nicht mehr im Bett begrüßen werden. Der Herr wird unsere Gebete erhören."

„Erlauben Sie, mein Fräulein, daß ich Ihnen für alle unverdiente Güte und liebevolle Pflege wärmstens danke", sprach er, die zarte, kleine Hand küssend.

„O, die ist längst verdient, Herr Hodolitsch."

„Wieso, wenn ich fragen darf?"

„Wissen Sie denn nicht: Was ihr getan habt einem

meiner Brüder, das habt ihr mir getan. Ich bin krank gewesen, und ihr seid zu mir gekommen?"

„Wenn Sie die Sache so nehmen, dann allerdings."

Im Krankenzimmer wurde es still. Beide Herren blickten der hellen Gestalt nach, welche im Türrahmen verschwand.

„Eine schöne Seele", bemerkte der Ältere. „In der Tat", dachte Hodolitsch. Aber bei solch einer Auffassung der Dinge dürfte sich der Mensch nichts mehr zueignen, auf nichts mehr Anspruch erheben. Sie tun alles für Christum – und nur für ihn. „Was will ich eigentlich?" dachte er, ärgerlich über sich selbst. „Wurmt es mich etwa, daß auch Olga mich nur um Christi willen pflegt? Und es ist doch so das einzig Richtige. Zwischen uns bestand nie eine Verbindung und wird nie eine solche bestehen; heute, wo sie alles weiß, ist sie überhaupt unmöglich. Ihre ganze Handlungsweise ist ein großartiger Akt christlicher Rache. Sie will vor mir als Muster unerreichbarer Vollkommenheit glänzen. Je höher sie steigt, desto tiefer muß ich herunter. Sie hat dafür gesorgt, daß ich früher heimkehren konnte. Sie wollte mir nicht verpflichtet sein. Lieber hat sie für ihren eigenen Unterhalt gearbeitet, obwohl sie die Dame spielen konnte. In diesen zwei Jahren hat sie alles, was sie jemals von Hodolitsch bezogen, samt den Zinsen zurückerstattet. Und dabei hat sie noch zur Vergrößerung des Besitzes beigetragen. In der Tat, ich möchte gerne wissen, wie sie sich die Sache denkt.

Wenn sie wirklich Duros Ansichten teilt, denkt sie nicht an Scheidung. Sie beabsichtigt doch nicht etwa, meine Gattin und dabei die Apothekerin der Frau von Zamojska zu bleiben? Was sie wohl mit jenen Vierzigtausend machen wird, wenn ich sie ihr übergebe?"

Es war gut, daß der Eintritt des Doktors ihn aus seinen bitteren Gedanken emporriß.

„Wie lange willst du mich noch gefangen halten, Duro?" „Bis zum Ende der Woche, mein Lieber", entgegnete der Doktor lakonisch, während ein freundliches Lächeln um seine Lippen spielte. „Dann lasse ich dich ziehen, allerdings nicht nach Hause. Du mußt die Berge besuchen, Karpaten, Tatra usw. Du kennst deine eigene Heimat noch viel zu wenig. Du solltest sie wenigstens so gut kennen wie Brasilien."

„Das wäre der richtigste Zeitpunkt für Vergnügungsreisen, jetzt, wo die Ernte vor der Tür steht."

„Ich denke, wenn du dich nicht in einer Woche aufs neue zu Bett legen und bis zum Herbst festliegen willst, dann ist es besser vorzubeugen. In ein paar Wochen, wenn gedroschen wird, kehrst du mit neuer Kraft und Gesundheit zurück. Inzwischen kann dich ja jemand vertreten.

Was meinst du, Vater?"

„Daß du recht hast, mein Sohn. Ich denke, ich habe sechs Jahre lang gut genug gewirtschaftet,

Michael, du mußt mich noch nicht zum alten Eisen werfen. Oder doch?"

„Onkel, was sind das für Worte! Du weißt, daß ich mich bis zum Tode nicht von dir trennen will. Ich bin dir zu vielem Dank verpflichtet. Und wenn es nicht anders geht, will ich mich gerne fügen. Aber dann laß mich früher gehen, bevor die Frau Baronin zurückkehrt."

„Das ist nicht möglich, sie kommt schon morgen. Überdies ist dir diese herzensgute Dame doch nicht im Weg?"

„Diese Dame hat gewiß eine gute Meinung von mir. Ist sie doch Olgas mütterliche Freundin." Es zuckte ironisch um die Lippen des jungen Mannes.

„Du bist gereizt, mein Sohn; es ist besser, wir lassen dich allein." Tichy empfahl sich; sein Sohn begleitete ihn, kehrte aber alsbald zurück.

„Du kannst aufstehen, Michael, und ein wenig auf den Balkon gehen. Es ist angenehm draußen, ich helfe dir beim Ankleiden, damit du bald fertig bist."

Ein paar Minuten später saß der junge Gutsbesitzer in einem bequemen Lehnstuhl auf dem von wildem Wein und Schlingrosen umsponnenen Balkon und blickte in die untergehende Sonne. Unwillkürlich dachte er an die überstandene Gefahr. Er fühlte, daß sein Leben so schnell enteilte wie dort die Sonne. Ja, ohne die Geschicklichkeit des Doktors und die Aufopferung seiner Pflegerinnen wäre es vielleicht schon enteilt, und vor ihm läge bereits die Ewigkeit. Er hätte vor Christi Richterstuhl treten und Rechenschaft über sein Leben ablegen müssen. Ob er wohl hätte bestehen können? Zum ersten Mal fühlte er, daß er bis heute weder für Gott noch für seine Mitmenschen, sondern nur für sich selbst gelebt hatte. Ach, diese Gedanken waren durchaus nicht erfreulich und beglückend.

Mit einem Male drang durch das offene Fenster aus der Stube des Doktors ein Akkord, ihm folgte ein zweiter, ein dritter. Da spielte jemand, und wie! In dieser Musik lag eine fromme Seele, ein liebeerfülltes Herz. Man merkte von weitem, daß es die Klänge einer religiösen Komposition waren, zwar auf einem Klavier gespielt und dennoch wie Orgelton. Wer spielte da? Ruth war nicht daheim. Vielleicht hatten sie im Krankenhaus einen Musiker unter den Patienten. Jetzt machte der Musiker eine Pause; eine Weile war es ganz still. Dann begann er sein Spiel aufs neue und spielte die Komposition ohne Unterbrechung zu Ende. Der letzte Akkord erklang wie ein machtvolles „Amen".

Bald darauf erklang es über dem in Gedanken versunkenen Hodolitsch: „Michael, du bist schon draußen? Dem Herrn sei Dank!"

Unwillkürlich streckte er der lichten Erscheinung die Hand entgegen. „Guten Abend, Olga! Wie du siehst, hat Duro mich für ein Weilchen aus dem Gefängnis entlassen."

Sie hielt die dargebotene Hand fest und setzte sich

auf ein Stühlchen neben ihn. „Der Herr ist gut", sagte sie herzlich. „Er hat unsere Gebete erhört und dich wieder gesund gemacht."

„Hast du denn auch für mich gebetet?"

Sie heftete die großen Augen auf sein Antlitz. Ihr Blick verwirrte ihn. „Du hast wahrlich nicht viel Grund, für mich zu beten", setzte er unsicher hinzu.

„Oder vielmehr, ich habe keinen Grund, für einen kranken Mitmenschen nicht zu beten, besonders wenn er ein Gotteskind ist. Du weißt doch: Wenn ein Glied leidet, so leiden sie alle."

Er blickte sie an, wie sie so frisch und fröhlich, so unbefangen und schwesterlich neben ihm saß, als hätte er sie nie beleidigt, niemals ihre Rechte mit Füßen getreten. „Dich freut etwas sehr", entschlüpfte es ihm wieder. „Ach, sehr, Michael. Wundere dich nicht, ein Kind freut sich stets auf die Heimkehr der Mutter."

„Du gibst in deinem Herzen Frau Zamojska den Platz, welcher der Tante gebührt?"

Sie schüttelte den Kopf und schlang die Hände um die Knie. „Das nicht. Ich hatte zwei Mütter. Eine gute Mutter, der ich das irdische Leben verdanke, und eine andere, durch die Gott mir das geistliche Leben geschenkt hat. So wie mein Mütterchen für meine körperliche Entwicklung sorgte, so hat Frau von Zamojska durch ihr Wort und Beispiel und vor allem durch ihre Gebete das geistliche Leben in mir erweckt. Ich war so unwissend, so dumm und vernachlässigt. Nur die Liebe Gottes, die in ihrem Herzen ausgegossen war, konnte es ihr ermöglichen, solch ein abstoßendes Geschöpf zu lieben und so viel Geduld mit ihm zu haben."

Die schönen, von Tränen umflorten Augen der jungen Dame blickten in tiefem Sinnen zum Himmel, der von hellem Abendrot übergossen war. Sie hatte offenbar vergessen, zu wem sie diese Worte gesprochen hatte. Wie sie so auf dem niedrigen Stühlchen vor ihm saß, die goldenen Flechten im Nacken herabgesunken, so unbeschreiblich anziehend mit diesem Ausdruck vergeistigter Schönheit in dem zarten Antlitz – da rief sie ihm, er wußte selbst nicht wie, die Vergangenheit ins Gedächtnis zurück. Vielleicht war es der Umstand, daß sie dieselbe so unverhüllt, so wahrheitsgetreu vor ihm ausbreitete, daß er jenes Augenblickes gedenken mußte, wo er sie das erstemal so dasitzen gesehen hatte. Die mageren Hände um die Knie geschlungen, im zerdrückten Schleier, mit dem schief gesteckten Kranz. Es erschien ihm die reine Unmöglichkeit, daß jenes Wesen und dieses hier eine und dieselbe Persönlichkeit waren. „Aber", grübelte er, von dem Zauber der Abendstille, die über ihnen beiden lag, umfangen, „sie ist ja mein." Ein Gefühl seltsamer Wärme stahl sich in sein Herz. Wenn er die Arme ausbreitete, um die schlanke Gestalt, das holde Köpfchen an sein Herz zu ziehen – er dürfte es tun, sie war sein vor Gott und den Menschen.

Und doch nicht sein. Es durchschauerte ihn. Er blickte verstohlen in das durchsichtige Antlitz, auf die rosigen, ausdrucksvollen Lippen, und es überkam ihn eine bisher nie gekannte Sehnsucht, sie zu küssen. Da blickte sie auf, und eine flüchtige Röte färbte sein Gesicht.

„Verzeih", sagte sie, ihre Verwirrung überwindend, „ich habe mich ein wenig gehen lassen. Aber du solltest wohl schon hineingehen; es fängt an, kühl zu werden. Für heute ist es genug, da es das erstemal ist." Wieder lächelte sie freundlich. Es gab ihm einen Stich.

„Du hast es ja sehr eilig, mich wieder in mein Gefängnis zu befördern", entgegnete er gereizt. „Ich will aber noch nicht hinein, von Kälte spüre ich nichts."

Er stutzte, denn sie stand auf und ging wortlos hinein. Aber bevor er sich's versah, kam sie zurück. Sie brachte eine Decke und ein Tuch, und bevor er es hindern konnte, bedeckte sie ihm die Füße und die Schultern.

„Verzeih", kam es stockend von den stolzen Lippen. Er nahm ihre kleine Hand und hielt sie fest. „Was denkst du von mir?"

Wieder blickte sie ihn so liebevoll an. „Daß du nach der Krankheit ein wenig reizbar bist."

„Ich habe dich nicht beleidigt?"

„Nein."

„Nun, so geh noch nicht fort. Ich mag nicht allein hier sitzen", fügte er hinzu, als wollte er den

Eindruck des ersten Wortes verwischen. „Wenn wenigstens jener Musiker wiederkäme, der vorhin bei Duro spielte, bevor du kamst. Weißt du nicht, wer das war?" Da er sie nicht anblickte, entging ihm ihre augenblickliche Verlegenheit.

„Ich weiß, wer gespielt hat", entgegnete sie einfach. „Wenn dir das Stück gefallen hat, will ich dafür sorgen, daß du es wieder zu hören bekommst. Aber verzeih, ich muß jetzt gehen. Ich habe noch einige Anordnungen betreffs des Abendessens zu geben, besonders auch, daß dir das deinige hierher gebracht werde."

Bevor er sich's versah, war er allein. Als ihm etwa eine Viertelstunde später die Schwester das Abendessen brachte und dann das Tischchen wieder abräumte, ertönten aufs neue die Akkorde, erst leise, dann lauter, dann eine Reihe wohlklingender Triller und endlich wieder jenes ergreifende Tonstück.

„Nein, ich muß wissen, wer da spielt", dachte der junge Mann. Aber seine Augen schlossen sich. Die starke, würzige Luft im Verein mit dem Zauber der Musik taten ihr Werk.

Der Doktor fand seinen Patienten in stillem, gesunden Schlaf versunken. Er rief einen Wärter herbei, und sie trugen ihn behutsam in sein Schlafzimmer, um ihn nicht zu wecken.

Wieder war es ein Sommerabend. In dem kleinen Pavillon an der Donauwindung saß die Baronin. Zu ihren Füßen, den Kopf in ihrem Schoß verborgen, kniete Olga Hodolitsch.

„Also, mein teures Mütterchen, nun habe ich dir alle Befürchtungen und Kämpfe der letzten Tage mitgeteilt. Du hast ihn gesehen und gesprochen. So gib mir einen Rat, was ferner geschehen soll."

„Was ferner geschehen soll, mein Kind?" Auf dem feinen, durchsichtigen Gesicht der Dame lag ein tiefes Sinnen. „Wir wollen es vor allem dem Herrn Jesus sagen."

„O Mütterchen, hab' Erbarmen! Schicke mich nicht zu ihm! Glaube, ich kann nicht gehen!"

„Hat er dich denn schon gerufen?" Die Frau zog die bebende junge Gestalt fest an sich.

„Mit keinem Wort."

„Nun, dann beruhige dich, Kind. Wenn es Gottes Wille ist, daß du zu ihm gehst, wird ihm der Herr ein Wort der Bitte in den Mund legen, früher mußt du nicht gehen."

„Ich muß nicht? Ach ...!" Fast kraftlos sank das junge Haupt in den Schoß der Frau.

„Olga, hast du ihm vergeben?" Aus der Stimme der Fragenden klang bange Sorge.

„Alles, Mütterchen. Ich weiß, daß in dem allen Gottes Hand waltete. Der Herr hat alles zum Besten gewandt. Aber wie soll ich von dir fortgehen? Du bist so schwach, so schwach!" Die junge Dame küßte unter Tränen die durchsichtigen Hände. „Und dabei meine lieben Pflichten im Krankenhaus aufgeben, unseren Kreis, den guten Duro, der mich braucht, und zu diesem Mann gehen als ein ungeliebtes, nur mit Widerwillen getragenes Joch. Ach, ist es möglich, daß der Herr so etwas verlangt?"

„Manche Dinge scheinen uns unmöglich. Und doch müssen wir erkennen, daß es keinen anderen Ausweg gibt. Aber sei nur ruhig, ich gebe dich keine Stunde früher her, als es nötig ist. Aber um eines möchte ich dich bitten, Olga: Der Doktor hat mir gesagt, daß er Hodolitsch am Montag in die Tatra schickt. Er wird ihn kaum allein reisen lassen; er wird das Opfer bringen und mit ihm gehen wollen."

„Duro? Unmöglich. Diese Reise ist nichts für ihn. Michael ist nicht so krank, daß er einen Arzt braucht. Ich weiß schon, worum du mich bitten wolltest. Natürlich gehe ich. Ich werde Michael zwar nur ein schwacher Ersatz für den Freund sein, aber der Herr Jesus wird mir helfen, ihm nützlich zu sein."

„Sicher, mein Kind. Also, es bleibt dabei. Aber nun wollen wir alles dem Herrn sagen."

Und sie sagten es ihm.

* * *

„Olga, ist es wahr?" klang es am Sonntagmorgen der jungen Frau entgegen, als sie dem Doktor begegnete.

„Was denn, Duro?"

„Daß Sie Michael auf seiner Reise begleiten wollen."

„Denken Sie, daß er darauf eingeht und daß ich Sie gut vertreten kann?"

„Beides auf jeden Fall. Aber wie kommt es, daß Sie sich dazu entschlossen haben?"

„Duro, könnten Sie denn Frau Zamojska verlassen? Sie sehen doch, wie schwach sie ist."

„Also ein Opfer, Olga?"

„Kein Opfer, nur ein wenig Dankbarkeit und Liebe."

„Gott segne Sie, Olga, und gebe, daß Sie diesen Schritt nie bereuen. Aber, soll ich es ihm nicht sagen?"

„Nein, Duro. Ich gehe jetzt mit einem Auftrag von Mütterchen zu ihm und sage es ihm selbst."

Der Doktor blickte der schlanken Gestalt nach.

„Herr, du siehst, daß es dennoch ein Opfer ist. Aber sie hat recht. Ich kann unsere Wohltäterin jetzt nicht allein lassen."

„Guten Morgen!" klang es der jungen Dame unweit des Krankenhauses entgegen.

„Guten Morgen, Michael! Du bist schon hier? Das ist nett."

„Wohin eilst du, Olga?"

„Zu dir. Frau von Zamojska lädt dich herzlich zum zweiten Frühstück auf der Veranda ein. Danach haben wir eine Hausandacht. Also komm, bitte."

„Darf ich das in diesem unvollkommenen Aufzug?" scherzte er.

„Einem Rekonvaleszenten geht das durch", lächelte

sie gleichfalls. Sie gingen weiter. „Ich möchte dich gerne um etwas bitten", begann die junge Dame nach kurzem Schweigen.

„Mich?" rief er überrascht aus, indem er vergeblich seine Erregung zu verbergen suchte. „Ich will es von Herzen gern erfüllen, wenn es mir möglich ist."

„Ach, möglich ist es dir wohl, aber die Erfüllung wird dich ein gewisses Opfer kosten."

„Ich bin ein viel zu großer Schuldner, um nicht jegliches mit Freuden zu bringen", sprach er, sich verbeugend.

„Michael, die Frau Baronin ist sehr schwach. Sie braucht Duro unumgänglich. Er will aber mit dir reisen. Gott sei Dank, du kannst schon ohne Arzt auskommen. Bedienen kann ich dich auch, wenn du mich mitnehmen willst."

Ihm stieg alles Blut zum Herzen und zu Kopfe. „Olga, du denkst wirklich daran, mit mir zu gehen?" Er war vor ihr stehen geblieben.

„Wenn ich dir dienen kann, ja."

„Nun, deine Dankbarkeit Frau von Zamojska gegenüber ist wirklich groß. Aber wozu solch ein Opfer? Ich habe gestern gesehen, daß die edle Frau Duro wirklich braucht; ich hätte auch sonst wirklich nicht eingewilligt, daß er mich begleitet. Schon um seiner selbst willen nicht. Das Klima dort ist viel zu rauh für ihn. Ich bin kein solcher Egoist noch solch ein verweichlichter Schwächling, daß ich einer Frau die Tochter fortnehme, die sie mit solcher

Liebe erzogen hat, noch dazu in einem Moment, wo sie sie in erster Linie selbst braucht und ..."

Er kam nicht weiter, denn sein Blick streifte das liebliche Antlitz, und er war bestürzt, wie blaß dasselbe geworden war.

„Allein kannst du nicht reisen", sprach sie ernst. „Herr Morov ist schon ziemlich hergestellt; er wird gerne die Aufgabe eines Begleiters übernehmen. Es war ohnedies längst sein Wunsch, einmal die Tatra zu sehen."

„Olga, verstehe mich nicht falsch." Michael war stehen geblieben und vertrat ihr den Weg. Zwei Augenpaare versenkten sich für einen Moment tief ineinander.

„Ich wäre dir sehr dankbar, wenn du mit mir gingst. Aber ich verdiene in keiner Weise ein solches Opfer von dir. Ich weiß, wie schwer es dir fällt."

„Ich lebe mit Christo und für Christum. Da kann weder von Verdienst noch von Opfer die Rede sein."

Sie gingen schweigend weiter. Bei den Stufen zur Terrasse blieb der junge Mann abermals stehen. „Da ich annehmen müßte, daß dich mein Zögern beleidigt hat, bitte ich dich: Bringe lieber das Opfer und komme mit mir!"

Ein momentaner Kampf spielte sich auf ihrem zarten Gesicht ab. Schon schien es, als wollte die junge Dame verneinend den Kopf schütteln. Statt dessen legte sie für eine Sekunde ihre Hand in seine ausgestreckte Rechte und ließ es geschehen, daß er sie an die Lippen führte ...

„Ich lebe mit Christo und für Christum", so klang es Herrn Michael in den folgenden Wochen gar häufig durch den Sinn. O, wäre nur dies Wort nicht gewesen, so wünschte er mehrmals im Verlauf der Reise und während ihres Aufenthaltes im Gebirge. Die junge Dame sorgte für ihn mit der Pünktlichkeit einer vorzüglichen Pflegerin, sie erheiterte und verschönte ihm jede Stunde; sie erwies ihm alle Liebe, deren das Herz einer Christin fähig ist; aber bei all dem stand sie in so achtunggebietender Entfernung über ihm, daß manche Mitreisende sich vergeblich die Köpfe über dies seltsame Paar zerbrachen. Für ein Ehepaar waren sie zu kühl und förmlich, für Geschiedene gingen sie zu höflich und zu liebevoll miteinander um. Kein Wunder, daß Olga meistens mit „Fräulein" angesprochen wurde und manche Frage nach dem Befinden des „kranken Bruders" beantworten mußte. Dagegen mußte Herr Michael bemerken, was für bewundernde Blicke manche jungen Kavaliere seiner Frau zuwarfen. Seine einzige Genugtuung bestand darin, daß sie nichts davon merkte. Sie hatte nur Augen für ihn, so wie er sie brauchte. Bedurfte er ihrer nicht, dann versenkte sie sich in die Schönheit der Natur. Sie sammelte Pflanzen und diente ihren Mitmenschen, so gut sie es irgend vermochte. Für einen Tag machten sie auch in dem kleinen Bad L., dicht am Fuße der

Tatra, Halt. Und weil so wundervolles Wetter war, verlebten sie fast den ganzen Tag im Freien, inmitten der großartigen Natur. Er lag auf dem Rasen und ließ sich von der Sonne durchwärmen; sie saß ein wenig im Schatten und las ihm vor. Dann hörte sie zu, wie er ihr von Brasilien erzählte. Und als er schwieg, herrschte märchenhafte Stille rings um sie her.

Plötzlich blickte der junge Mann unter dem breiten Rand seines Strohhutes in das Gesicht seiner Begleiterin. Sie bemerkte es nicht, denn sie hatte den Kopf ein wenig in die Hand gestützt und ihr Blick ruhte traumverloren auf den Bergriesen. Unterdessen ruhte sein Blick auf ihr. Die eigenartige Schönheit dieses seltenen Wesens fesselte ihn so, daß sie eine Sehnsucht in seinem Herzen erweckte – er wußte selbst nicht, wonach. Er fühlte, daß sie ihm nicht mehr so fern stand wie am Anfang der Reise; er fühlte, daß sie einander näher kamen. Und in diesem Augenblick wünschte er beinahe, daß dieses Reiseleben niemals ein Ende nehmen möchte. Er war nicht mehr krank, aber er gestand es nicht. Denn an dem Tag, da er gesund war, würden ihre Pflichten als Pflegerin aufhören. Sie würde sich noch weiter zurückziehen, ja, vielleicht so weit, daß die Kluft zwischen ihnen unüberbrückbar wurde.

Aber wozu war denn das alles? Sie war doch nun einmal seine Frau, und er war ihr Mann. Ja, aber er wünschte Scheidung, sie wünschte sie wohl auch.

Aber sie waren beide Christen, Duro hatte recht: es wäre Sünde, der Welt ein Ärgernis zu geben. Und so weiterleben? Unmöglich! O, hätte sie nur wenigstens jenes Wort nicht gesagt! Wenn er doch nicht unaufhörlich denken müßte, daß sie alles, was sie tat, einzig und allein um Christi willen tat, um ihm wohlzugefallen! Wie oft hätte er Gelegenheit gehabt, ihre Liebesdienste wenigstens durch ein warmes Wort zu erwidern, aber es ging nicht. Aber was tat er! Nicht einmal die Angelegenheit mit jenen unglückseligen Vierzigtausend hatte er mit ihr ins Reine gebracht!

Gerade wie er soweit gekommen war, riß sie ihren Blick von der Aussicht los. Sie sah zu ihm auf.

„Wünschst du etwas?" fragte sie ein wenig verwirrt.

„Ja, ich wünsche etwas." Er richtete sich auf und setzte sich auch ein wenig höher in den Schatten.

„Mich bedrückt eine gewisse Sache", begann er nach kurzem Schweigen, „die zwischen uns erledigt werden sollte. Einige Tage vor unserer Abreise habe ich das Rechnungsbuch unseres Grundbesitzes durchgesehen und dabei etwas wenig Erfreuliches entdeckt."

„Im Rechnungsbuch?" fragte sie aufrichtig überrascht. „Ich habe es auch schon in den Händen gehabt und Onkel Tichys musterhafte Ordnung bewundert."

„Das wohl. Aber seit zwei Jahren sind darin keine Ausgaben für dich verzeichnet. Auf meine Fragen", fuhr er eifrig fort, während sie den Blick ins Tal hinab richtete, „hat mir Onkel Tichy gesagt, auf welche Weise du deine persönlichen Bedürfnisse bestritten und wozu du die dir zukommenden Zinsen verwendet hast. Ich möchte gerne wissen, warum du das getan hast."

Sie blickte offen und frei in sein finsteres Gesicht.

„Ich wollte das erreichen, was meine Pflicht war, und der Herr hat mir dabei geholfen."

„So? Und was war deine Pflicht in dieser Sache?" fragte er kalt.

„Deine freiwillige Verbannung abzukürzen. Wenn dir meinetwegen so viel an dem Mammon lag, sollte er dich nicht länger in der Fremde zurückhalten. Hätte mir der Onkel früher gesagt, wie die Dinge standen, hätte ich noch mehr tun können."

Er war aufgesprungen, auch sie stand auf. So standen sie einander in dieser Bergeinsamkeit gegenüber und fühlten deutlich, daß von diesem Augenblick sehr viel abhing.

„Ich hätte gerne alles geopfert, wenn es mir gelungen wäre, die Ehre meines Vaters vor dir zu retten", sprach er mit stolzer Trauer und kreuzte die Arme über der Brust.

Sie schüttelte abwehrend den Kopf. „Davon laß uns nicht sprechen, Michael. Deinen Vater überlassen wir Gott. Hätte er die Wahrheit gekannt, so wie wir sie kennen, sicher hätte er das nicht getan. Aber er kannte sie nicht. Die Versuchung kam; er siegte nicht, sondern fiel und fügte sich selbst schweres

Leid zu. Und dann, als er gutmachen wollte, hat er uns beiden, besonders dir, Leid zugefügt." Die teilnehmende, liebevolle Stimme klang wie Musik im Herzen des jungen Mannes.

„Aber dein Vater, Olga, hätte nicht sterben müssen, ja, vielleicht auch deine Mutter nicht, wäre jene Sünde nicht geschehen."

„Das läßt sich nicht sagen, ob er nicht dennoch gestorben wäre. Wenn die Sünde seinen frühen Tod verursacht hat, dann hat Gott das bereits gerichtet. Wir haben kein Recht dazu; es hieß auch da: Leben um Leben. Aber ich bitte dich, lassen wir das. Dir ist es peinlich und mir tut es weh. Ich habe mir eine schöne Erinnerung an den gütigen, liebevollen Empfang seitens meines Onkels aufbewahrt. Ich weiß, daß er mir Gutes tun wollte. Ich möchte mir diese Erinnerung durch nichts trüben lassen."

Er atmete tief auf. „Sowie wir heimkehren, übergebe ich dir sogleich das Bankdepot mit deinem Anteil", sprach er eifrig. Aber er hielt bestürzt inne, denn sie hatte sich hoch aufgerichtet.

„Als mich der Onkel zu euch rief, war ich der Meinung, daß er sich der verlassenen Waise annehmen wollte. Ich kam gerne und wollte euch dienen, zwar mit dem Bewußtsein der eigenen Unwürdigkeit und dennoch in einer Selbsttäuschung befangen. Deine Abreise und alles andere hat mir die Augen darüber geöffnet, daß ich in eine Familie und in Verhältnisse gekommen war, in die ich nicht hineinpaßte. Ich entdeckte, daß ich, ohne es zu wollen, ein Hindernis und die Ursache war, die dich aus der Fülle in harte Arbeit und Entbehrung getrieben hatte. Wie dumm und einfältig ich auch damals sein mochte, niemals wäre ich auf jenen Schritt eingegangen, hätte ich geahnt, daß es sich nur um die Wiedergabe jener Tausende handelte. Soviel Bewußtsein weiblicher Würde besaß ich denn doch, daß ich mich nicht um des Mammons willen verkauft hätte!"

„Olga!" rief er erschrocken aus. Sie hatte ihm mit diesen Worten eine so schmerzliche Wunde in ihrem Herzen verraten, von der er bisher nichts geahnt hatte.

„Erlaube mir auszureden, Michael, damit wir diese Sache ein für allemal erledigen." Sie fuhr sich mit der Hand über die Stirn und das erbleichte Angesicht.

„Dein Vater fühlte eine Erleichterung in dem Bewußtsein, daß er jene Summe zurückgegeben hatte. Es war wert, für diesen Augenblick der Erleichterung zu leiden. Aber er kommt nicht mehr in Betracht. Er hat getan, was er konnte, er hat zurückgegeben. Und ich, Michael, tue jetzt auch das einzige, was ich kann: als ehrliche Frau und als Christin gebe ich jene Tausende dem zurück, dem sie gebühren – dir. Mir hat sie der Großonkel nicht vermacht, sie haben für mich keinen Wert, nachdem ich weiß, daß du bis nach Brasilien gehen mußtest, um sie zu ergänzen. Nachdem du dort sechs Jahre im Dienst des Mammons zugebracht hast, würde ich mir sehr niedrig erscheinen, wollte ich sie annehmen."

„Und ich sage dir, Olga, du mußt sie annehmen", brauste der junge Mann leidenschaftlich auf. „Mein Vater hat sie dir hinterlassen", fuhr er fort und fühlte dabei, wie ihn sein Gewissen der Habsucht anklagte. „Ich bin ja nicht gegangen, um deine Vierzigtausend zu ergänzen, sondern diejenigen, die uns infolge verschiedener Unglücksfälle fehlten."

„Sie hätten euch nicht gefehlt, hättest du nicht solch große Summe dem Besitz entlehnen müssen. Wie immer wir die Sache nehmen, jene Tausende waren die Ursache, daß du fortgegangen bist, denn sie haben mein Kommen verschuldet. Ich weiß, daß du vor mir geflohen bist und wundere mich nicht darüber. Ich bitte dich, laß diese Angelegenheit damit erledigt sein."

„Sie kann aber nur dadurch erledigt werden, daß du sie annimmst", rief er erbittert aus. „Für wie niedrig hältst du mich, daß du denkst, ich würde behalten, was dem Gesetz nach dein ist! Du hast es nicht nötig, mich als solch einen Geizhals hinzustellen und dich in deiner Vollkommenheit so stolz über mich zu erheben."

Sie errötete und erblaßte. Ringsum war es stille.

„Verzeih, ich wollte dich nicht beleidigen", bat sie nach einer Weile bescheiden. „Ich überhebe mich über niemanden."

Es entwaffnete ihn. „Also, es bleibt dabei, sowie

wir heimkommen, übernimmst du dein Depot und handelst damit nach eigenem Gutdünken."

Sie erbleichte und bückte sich schweigend nach Hut und Sonnenschirm. Dann blickte sie auf die Uhr.

„Es ist Zeit, zu Tisch zu gehen", sagte sie nach einem Weilchen, und sie gingen.

Seit jener Zeit war zwischen ihnen nicht mehr die Rede von jenem Gegenstand. Sie fing nicht davon an, und er wagte es nicht. So kamen sie nach Trentschin Teplitz. Dort wartete ihrer eine Überraschung. Auf der Promenade begegnete ihnen eine kleine ausländische Gesellschaft, welche Olga von Italien her bekannt war. Die Damen begrüßten sie sehr erfreut, die Herren mit freundlicher Höflichkeit. Auch ihren Gatten hießen sie aufs freundlichste willkommen. Aber seltsam: während Hodolitsch erst jetzt bemerkte, welch hohe Bildung seine Gattin zierte, als er diesen geistvollen Gesprächen zuhörte, mußte er bei sich selbst wahrnehmen, daß er von seiner akademischen Bildung im Laufe dieser sechs Jahre des Jagens nach dem Mammon manches eingebüßt hatte. Es wurmte ihn nicht wenig, und er nahm sich vor, bei seiner Heimkehr gleich nach den Büchern zu greifen, denn verbauern wollte er nicht.

Die freundlichen, teilnehmenden Fragen der Gesellschaft nach Doktor Tichy bewiesen ihm, wie geschätzt und beliebt sein Freund war. Bei dem gemeinschaftlichen Mittagessen wandelte Herrn Michael die Laune an, den gastfreundlichen Magnaten zu spielen: er lud die ganze Gesellschaft zu sich nach Hodolitsch ein. Er wollte ihnen die Schönheit Niederungarns zeigen. Daß ihn Olgas Freude darüber am meisten erfreute, hätte er nicht eingestanden. Die Damen und Herren freuten sich auf ein Zusammentreffen mit der Baronin und Fräulein Ruth und ganz besonders darauf, daß sie Doktor Tichy inmitten seiner schönen Tätigkeit sehen sollten. Sie wollten zuvor noch einen Ausflug in die Tatra machen und dann der freundlichen Einladung Folge leisten.

Nach einigen angenehm und genußreich verbrachten Tagen trennte sich die kleine Gesellschaft von dem Ehepaar Hodolitsch mit dem Losungswort: „Auf Wiedersehen!" Und seltsam, es war Herrn Michael, als fiele ihm bei diesem Abschied ein Stein vom Herzen. Warum nur? Sehnte er sich etwa nach einer Stunde ungestörter Einsamkeit, sehnte er sich danach, Olga für sich allein zu haben? Hatten ihm etwa die kleinen Liebesdienste und Aufmerksamkeiten von ihrer Seite gefehlt? Er konnte nicht sagen, daß sie ihn vernachlässigt hätte, aber sie hatte ihre Aufmerksamkeit zwischen allen geteilt, und das gemahnte so sehr an ihren Ausspruch: „Ich lebe für Christum ..."

* * *

Es war gegen Abend. Herr Michael Hodolitsch ging allein spazieren. Olga schrieb Briefe. Er stieg ein wenig höher, um allein zu sein, während sich die Badegäste unten im Park vergnügten. Oben fand er ein einsames Bänkchen, er setzte sich ein wenig und hing seinen Gedanken nach. „Was für ein Christ bin ich eigentlich, wenn mir das Leben meiner Frau, ihr Bestreben, ganz und gar für Christum zu leben, solch eine Last ist? Ist es denn nicht meine Pflicht, ebenso in den Fußstapfen Christi zu wandeln wie Duro und wie sie?" – Als dort in den großen Erweckungsversammlungen in Amerika diejenigen, welche sich dem Dienst Christi weihen wollten, zum Aufstehen aufgefordert worden waren, da war er auch aufgestanden. Er hatte es aus Überzeugung getan und bereute diesen Schritt auch heute nicht. Aber er sah erst heute die praktischen Folgerungen einer solchen Hingabe an Christum. Allerdings nicht an sich selbst, ach nein!

„Demnach", grübelte der reiche junge Mann, „dürfte derjenige, der sich dir übergibt, Herr, für niemanden und für nichts mehr Sinn haben als nur für dich? Muß da nicht jede Möglichkeit der Liebe zur Heimat, zur Familie aufhören? Aber wenn dem so ist, dann wäre ja das Leben eine Wüste."

Unwillkürlich stellte er sich vor, wie sehr jene, die Baronin, Ruth, Olga, Duro, sich gegenseitig liebten, wie innig sie miteinander verbunden waren. Aber freilich, Christum liebten sie mehr. Er war der teuerste Gegenstand ihrer Gespräche. Ach, wie innig sie ihn liebten? „Warum liebe ich ihn nicht so? Sie behaupten, daß sie ihm alles schulden; ich habe gar keinen rechten Begriff von der Größe meiner Schuld. Ich weiß, daß ich ein Sünder bin, und daß er für mich gestorben ist. Ich glaube das alles, und doch ist es mir so unklar. Warum? Habe ich vielleicht nicht alles gehört, was nötig ist? Seltsam! Ich weiß eigentlich noch gar nicht recht, was ich an Christus habe. Er ist mir nicht so real wie ihnen. Mein und ihr Christentum ist wie Himmel und Erde."

Mit diesem Gedanken, der ihn nicht wenig bedrückte, kehrte er nach Hause zurück. Plötzlich blieb er stehen. Auf einem einsamen Plätzchen stand eine Bank, und dort saß Olga. Sie hatte die Hände im Schoß gefaltet, in dem ein offener Brief lag. Die schönen Augen blickten unsagbar sehnsuchtsvoll in die Ferne. Über ihre Wangen flossen Tränen. In ihrer ganzen Erscheinung drückte sich der Wunsch aus: „O, hätte ich Flügel!" Also, so sah sie aus, wenn sie allein war? Es gab ihm einen Stich. Sie sehnte sich heim, fort von hier, und er hielt sie, obwohl er schon gesund war, unnötig hier fest. Und sie wollte ihre Pflicht treulich erfüllen.

„Olga, was ist dir?" fragte er, sich zu der jungen Frau herabbeugend. Sie blickte auf und reichte ihm den Brief. Dann wischte sie rasch die Tränen ab und machte ihm auf der Bank Platz. Er verneigte sich dankend und begann zu lesen. Es war ein schöner

Brief, von Ruth Morgans feiner Hand geschrieben, aber er rief auf dem Antlitz des Lesenden abwechselnd Röte und Blässe hervor. Ruth schrieb von der schweren Erkrankung der Frau Baronin, von der Notwendigkeit einer Operation und bat um Fürbitte. Und zwischen den Zeilen guckte die Frage hervor: „Kommst du noch nicht heim? Wir alle sehnen uns nach dir, sie am meisten!"

Ach, Hodolitsch kam sich sehr selbstsüchtig vor. Er wußte doch, daß die kranke Frau Olga, die sie erzogen hatte, mit mütterlicher Zärtlichkeit liebte, daß sie sich sicherlich nach ihr sehnte. – Und er hatte noch immer dem Reisen kein Ende gemacht.

Plötzlich stand er auf. „Olga, befiehl dem Zimmermädchen, dir beim Einpacken zu helfen. Wir reisen mit dem nächsten Zug."

Ihr ganzes Gesicht strahlte. Ja, die Augen sandten ihm einen so warmen Dankesblick zu, daß er aufs neue errötete. Er schritt voran; schweigend eilten sie heim. „Verzeih, wir hätten uns nicht so lange aufhalten sollen", brach er endlich das Schweigen.

„Es war nötig zur Festigung deiner Gesundheit", wehrte sie sanft ab. „Aber nun können wir, dem Herrn sei Dank, mit gutem Gewissen heimkehren."

„Du zürnst mir also nicht ob meiner Selbstsucht?" Er blickte ihr tief in die Augen. „Soviel Selbstverleugnung mußtest du dir meinetwegen auferlegen. Ich weiß, du hast es nur um Christi willen getan, aber es ist mir dennoch peinlich", sprach er, nicht ohne Bitterkeit. „Ich bin dein Schuldner und habe keine Möglichkeit, es dir jemals zu vergelten. Solche Schulden drücken."

„Sprich nicht so!" Sie legte die Hand bittend auf seine Schulter. „Glaube mir, ich habe dir gerne gedient. Ich bin gern mit dir durch diese schöne Gebirgswelt gereist. Ohne die Sorge um die gute Mutter wäre ich sehr glücklich gewesen. Aber, du siehst ein, daß ich mir nicht helfen konnte. Darum bin ich dir sehr dankbar, daß wir heimreisen, und ich bitte dich, erlaube mir, mich meiner teuren Wohltäterin ganz zu widmen, solange sie der Herr noch bei uns läßt. Ihr könnt euch ja leichter ohne mich begehen. Hernach will ich euch wieder treulich dienen, nur jetzt gib mich frei."

Am liebsten hätte er ausgerufen: „Ich will nicht, daß du uns dienest; nein, ich will nicht!" Aber die herbeikommende Gesellschaft störte ihr Gespräch. Er verabschiedete sich von Bekannten, sie eilte in die Villa. Kurze Zeit darauf trug sie der Zug zur Donau, und von da ging es zu Schiff heimwärts.

Bisher hatte die junge Frau ihrem Mann als treue Pflegerin gedient; aber nun erlaubte er das nicht mehr. O nein, er sorgte für sie mit der Ritterlichkeit eines echten Kavaliers. Selbst eine Fürstin konnte nicht aufmerksamer bedient werden. Da sie wußte, daß er damit seine drückende Schuld abzahlen wollte, wehrte sie nicht. Und einem von angstvollen Befürchtungen gequälten Herzen tut auch die kleinste

Aufmerksamkeit wohl, besonders wenn sie von so ungewohnter Seite kommt.

* * *

Das Ziel war schon ziemlich nahe. Noch eine Stunde – und das Schiff würde in dem kleinen Hafen von B. halten. Da mit einem Male bemächtigte sich der Kleinglaube des Herzens der jungen Frau. Schon seit Stunden quälte sie der Versucher mit der Befürchtung, daß sie ihre mütterliche Freundin nicht mehr am Leben antreffen, daß sie die liebe, teure Stimme nicht mehr hören würde. Diese Qualen hatten sie hinaus auf das Verdeck getrieben. Hier war sie allein. Da mußte sie sich wenigstens für einen Augenblick ihrem Schmerz hingeben und in heißen Tränen Erleichterung suchen. Sie dachte, daß sie allein sei, aber sie war es nicht. Ein paar Sekunden später geschah etwas, was Michael Hodolitsch bisher für unmöglich gehalten hatte. Er hielt seine weinende Gattin in den Armen. „Weine nicht", sprach er mit ungewöhnlich weicher Stimme. „Glaube nur, du wirst sie noch am Leben antreffen. Sie wird noch mit dir sprechen, dir ihren Segen geben. Der Herr Jesus Christus, dem ihr beide so treu dient, wird euch diese Begegnung ermöglichen."

Am schwersten war es gewesen, die Schranke zu durchbrechen, aber dann strömten die Worte mit überzeugender Gewalt. Sie fielen wie Balsam in das wunde Herz. Das junge Haupt lehnte an der Brust des Mannes und das Weinen verstummte. Nicht nur der liebevolle Trost und Zuspruch hatten es gestillt, sondern ein seltsames, tief aus dem Herzen empor- quellendes Gefühl.

Einst war Olga auch auf dem Schiff gefahren. Frei- lich, das war lange her. Damals hatte es sie der Hoch- zeit und dem Bräutigam entgegengeführt, und sie hatte geträumt, wie schön das sein würde, wenn sie dieser schöne Jüngling in die Arme schließen wür- de, dessen Bildnis ihr der Onkel zugleich mit der Aufforderung gesandt hatte, seine Lebensgefährtin zu werden. Jener Traum hatte sich nicht erfüllt. Das grausam zertretene Flämmchen war erloschen – und jetzt? – jetzt fühlte die junge Frau, daß das Flämm- chen nur erstickt war, daß es leicht wieder aufleben könnte.

Sie blickte in das Antlitz ihres Trösters. Sie begeg- nete einem Blick der schönen Augen, die nicht mehr mit Verachtung auf ihr ruhten, und versenkte sich für einen Augenblick in diesen dunklen Tiefen. Um sie her herrschte eine seltsame Stille, in der nur zwei Herzen fast hörbar klopften. Dann erklang es über ihr: „Olga, verzeih' mir meine grausame Handlungs- weise. Ich habe schlecht an dir gehandelt, es ist wahr. Aber wundere dich nicht darüber, ich bitte dich. Das warst du ja damals gar nicht. Das, was andere aus dir gemacht haben, das hätte ich tun sollen, aber ich war nicht fähig dazu. Ein Mensch ohne Christum, tot in Sünden, konnte nicht anders handeln. Versuche es, mich damit zu entschuldigen und vergib mir mein rohes, liebloses Benehmen, dessen ich mich schäme."

Sie errötete bis unter das blonde Haar. „Ich vergebe dir gerne, und ich wundere mich nicht darüber", flüsterte sie. „Ja, ich danke dir für deine Worte. Ich weiß, daß ich nicht mehr das bin, was ich damals war. Christus, mein Herr, hat mich aus dem Staube erhoben. Er hat es nach außen hin durch Menschen getan; innerlich führte er sein Werk weiter. Ach, wieviel fehlt noch zu dessen Vollendung!"

„Du zürnst mir nicht? Du wirst mich nicht meiden? Denke nicht, daß ich dich der Frau Baronin nehmen will; nein! Wir fahren vom Hafen direkt zu ihr; du brauchst sie fürs erste nicht zu verlassen. – Aber dann?"

„Dann komme ich zu dir, Michael. Da uns der Herr Jesus unsere beiderseitige Absicht, uns zu trennen, nicht erlaubt hat, wollen wir versuchen, gemeinsam ihm zur Ehre zu leben."

Ein langgezogener Pfiff unterbrach das Gespräch, das eine Brücke über die bisher bestandene Kluft geschlagen hatte. Michael Hodolitsch fühlte, daß er sich das verdienen mußte, was ihm in dieser Stunde geworden war.

Er wußte, daß sie ihn nicht meiden würde, daß sie bereit war, ihm als Schwester zur Seite zu stehen. Aber ihm genügte das nicht, ach nein! Wie er sie jetzt über den Landungssteg ans Ufer trug, da fühlte er, daß er ohne sie nicht leben konnte, daß er da sein Erdenglück in den Armen hielt.

Auf Orlice fanden sie alle in tiefer Betrübnis. Die Ärzte waren da, es wurden die Vorbereitungen zu der schweren Operation getroffen. Die Frau Baronin, schon zuvor gefaßt und allen anderen Trost zusprechend, lebte ordentlich auf vor Freude über die Heimkehr der geliebten Tochter, und die Ärzte und Pflegerinnen freuten sich mit ihr. Auch Michael Hodolitsch mußte zu der Kranken hereinkommen. Es rührte ihn bis zu Tränen, daß die Dame im Angesicht dieser schweren Stunde und unter heftigen körperlichen Schmerzen ihre aufrichtige Freude über sein gutes Aussehen äußerte. Sie bat, ein Weilchen mit ihm allein gelassen zu werden. Und als ihr Wunsch erfüllt ward, sprach sie mit schwacher, aber liebevoller Stimme: „Ich weiß nicht, wie der Herr es beschlossen hat. Wenn ich sterbe, dann lieben Sie meine teure Olga! Sie hat Sie vor der Hochzeit geliebt; dann haben Sie ihre Liebe ausgelöscht. Aber wenn ihr Herz die Wärme Ihrer Liebe verspürt, wird es sich aufs neue entzünden und Sie werden glücklich sein, wie unter tausend Männern kaum einer."

„Ich liebe sie sehr, ich beklage tief meine Schuld und will alles tun, um mein verwirktes Glück zurückzuerobern", versprach er mit mühsam verhaltener Leidenschaft.

Was hatte ihm die Frau Baronin da gesagt?

Seine Schuld wuchs dadurch noch mehr – aber auch – seine Hoffnung.

* * *

Es gibt Stunden im Leben, die wir nicht noch einmal durchleben möchten. Solche mußten die Bewohner von Orlice durchkosten, und am wenigsten wünschte der junge Hodolitsch, daß sie jemals wiederkehrten. Mußte er sich doch aufs neue davon überzeugen, daß sein Christentum wertlos war, weil es keine Kraft hatte.

Die Frau Baronin hatte die Operation überstanden. Ihre beiden Schützlinge hatten in der Kraft Christi, die in ihnen mächtig war, bei ihr ausgeharrt. Doktor Tichy, welchen die Ärzte im Blick auf seine eigene fortgeschrittene Krankheit aus dem Operationszimmer entfernen wollten, hatte seine mütterliche Wohltäterin nicht für eine Sekunde verlassen. Er hatte noch vor der Narkose mit ihr gebetet. Sein Antlitz sah die Kranke zuerst, als sie wieder zum Bewußtsein erwachte. Nach dem Weggang der Operateure begann Doktor Tichy den harten Kampf auf Leben und Tod gegen die Schwäche, welche die Frau zu töten drohte. Sein Angesicht, wie das der beiden Damen, war ruhig. Sie beteten, sie glaubten, sie harrten. Entschlossen legten sie die geliebte Kranke in die Arme ihres Meisters, bereit zu sprechen: „Dein Wille geschehe!", wenn er sie abberufen wollte.

Nur das eine baten sie, daß er sie noch einmal erwachen lassen möchte, damit sie Abschied von ihr nehmen konnten. Sie liebten sie sehr, aber Michael sah, daß Christus ihnen noch teurer war und daß der Hingang zu ihm für sie keine Schrecken mehr hatte. Um seine eigenen bangen Gedanken zu verscheuchen, griff er nach dem Neuen Testament und begann da zu lesen, wo es sich ihm öffnete: Paulus kam nach Ephesus und fand etliche Jünger, zu denen sprach er: „Habt ihr den Heiligen Geist empfangen, da ihr gläubig geworden seid?" Sie aber sprachen zu ihm: „Wir haben nicht einmal gehört, ob ein Heiliger Geist sei." Zwei- oder dreimal überlas Michael diese Begebenheit, wie Paulus es sich angelegen sein ließ, daß die Männer nicht ohne diese Gabe blieben. Und da wurde es in seinem Inneren hell. Er erkannte, daß auch er zu jenen Männern gehörte — und darin lag der Unterschied zwischen Duros und Olgas Christentum und dem seinigen. Er hatte in Amerika alles mit dem Kopf, mit dem Verstand erfaßt, während sie den Heiligen Geist empfangen hatten ...

Ach, wie gut, daß alles vorübergeht. Auch diese furchtbare Nacht ging vorüber; der Morgen leuchtete und mit ihm der Schimmer der Hoffnung. Der Herr hatte den treuen Betern mehr gegeben, als sie zu bitten gewagt hatten. Er hatte ihnen die Mutter erhalten. Die Ärzte erklärten, daß die Kranke bei guter Pflege vollständig genesen könnte. Und da sie verhältnismäßig noch jung, kaum fünfzig Jahre alt war, konnte sie noch lange Jahre leben. Wer beschreibt die allgemeine Freude auf Orlice!

Michael Hodolitsch kehrte von seinem Gut zurück, wo es ihn nicht länger gelitten hatte. Er eilte zwischen den Baumreihen hinauf, als ihm Olga entgegenlief. Noch nie hatte er sie so gesehen. In den Augen glänzten Freudentränen, um die Lippen lag ein strahlendes Lächeln, welches von weitem verkündigte, daß sie gute Botschaft brachte.

„Olga, ist die Frau Baronin gerettet?" rief er unwillkürlich und streckte die Arme nach ihr aus. Im nächsten Augenblick warf sich die junge Frau hinein und schlang die Hände um seinen Hals im Übermaß der Freude.

„Ja, Michael, jubele mit uns! Unsere Mutter darf sagen: ‚Ich werde nicht sterben, sondern leben, und die Werke des Herrn verkündigen.' Sie bleibt bei uns. Ich bin gelaufen, um es dir mitzuteilen. Komm und überzeuge dich, wie süß sie schläft!"

„Hab' Dank für die gute Nachricht!" Er zog die liebliche Gestalt fest an sein Herz und in einer Aufwallung von Freude küßte er die frischen Lippen. Sie errötete und löste sich aus seiner Umarmung und legte im Gehen nur leicht die Hand in seinen Arm.

Nun wurde es im Park von Orlice lebendig. Jeder, der ihnen begegnete, freute sich. Wie vordem die Trauer, so war auch jetzt die Freude gemeinsam.

Obwohl die Erntearbeit jetzt im vollen Gange war,

fand Michael täglich Zeit zu einem kurzen Besuch auf Orlice. Er war sehr glücklich, wenn er später helfen durfte, die Frau Baronin in den Park zu tragen, und dann ein Weilchen bei ihr sitzen durfte. Ihr allein klagte er seinen geistlichen Mangel. Sie konnte ihn auf die ganze Macht und Fülle des Reichtums in Christo hinweisen und auf die Art und Weise, wie derselbe zu erreichen möglich sei. Aber er war einer von den Starken, einer von den Klugen. Darum ging es langsam voran.

Im Laufe jener vier Wochen seit ihrer Rückkehr aus der Tatra war Olga nur für zwei Tage auf Hodolitsch gewesen, und zwar als die angekündigten Gäste kamen. Sie hatte alles gar festlich zu ihrem Empfang hergerichtet. Auf Wunsch der Kranken gingen auch Duro und Ruth an jenem Tage nach Hodolitsch. Die Gäste bekamen auch eine Einladung nach Orlice. Obwohl sie die Frau Baronin nur für ein Weilchen begrüßen durften, blieb ihnen doch der Besuch auf diesem Sitz des Lichtes und des Friedens unvergeßlich.

Bei dieser Gelegenheit wurde dem jungen Hodolitsch eine unerwartete Überraschung zuteil. Er lernte den Musiker kennen, dessen schönes Spiel ihn damals auf dem Balkon so erquickt hatte. Er konnte es kaum fassen, daß sie es war, die so spielte – seine mit jedem Tage heißer geliebte Frau. Nun demütigte ihn ihr innerer Wert nicht mehr. Nein, er hatte ihr ja abgebeten, und sie hatte vergeben und vergessen. Sein Herz weitete sich in stolzem Glück.

So flog der Sommer dahin, der Herbst kam. In das aufblühende Glück fiel ein Schatten, der sich längst angekündigt hatte. Das Gesicht des von allen so geliebten Doktors wurde immer bleicher und durchsichtiger. Zwar tat er treu seine Pflicht und klagte mit keinem Wort. Dennoch fühlten alle, wenn er an schönen Abenden unter ihnen saß, oder wenn er sich jetzt das Mittagbrot häufiger auf seine Stube bringen ließ, daß er ihnen enteilte. Er hatte die Arbeit so eingerichtet, daß niemand ausschließlich an seine Fersen gebunden war. Aber Kranke und Gesunde sahen, daß er sichtlich der Vollendung zueilte.

* * *

Über Orlice brach ein Abend an, so schön wie im Mai. Die Natur hatte ihr prächtigstes Herbstgewand angelegt, bevor es galt, sich zum langen Winterschlummer hinzulegen. Auf der Veranda von Orlice, von wo sich eine großartige Aussicht auf die grauen Wellen der Donau und die herbstlich bunte Landschaft bot, saß die kleine Familie nach vollbrachtem Tagewerk traulich beisammen. Die Frau Baronin hatte sich in ihrem Lehnstuhl bequem in die Kissen zurückgelegt, die Ruth ihr gebracht hatte, und streichelte das blonde Haar der zu ihren Füßen sitzenden Olga. Die übrigen bildeten einen Halbkreis um sie her. Nur der Lehnstuhl des Doktors neben dem der Frau Baronin war noch leer. Die Schwestern erzählten von ihren Erfahrungen in der Krankenarbeit. Dann schlug Ruth vor, daß man etwas singen möchte, was freudige Zustimmung fand. Alsbald klang ein schöner vierstimmiger Lobgesang zur Donau hinüber und begrüßte den Doktor, der langsamen Schrittes die Terrasse heraufkam. Plötzlich blieb der Doktor unter einem Baum stehen und betrachtete mit eigentümlichen, rätselhaften Blicken die malerische Gruppe. Am längsten haftete sein Blick auf dem Antlitz seines Vaters. Dabei beschattete schmerzliche Sorge das durchsichtige, vom Gehen leicht gerötete Antlitz. Dann sah er zum Himmel auf, und endlich traf er das Antlitz des Vetters und atmete erleichtert auf. Noch bevor sie ausgesungen hatten, trat er in den Kreis seiner Lieben. Sie bemerkten ihn, aber sie ließen sich nicht stören und sangen das Lied zu Ende.

„Kommen Sie näher, mein Herr! Doktor Tichy wird so freundlich sein und uns einiges aus dem Worte Gottes sagen, nicht wahr?" rief die Baronin.

„Gern, verehrte Frau Baronin!"

Ein Weilchen später erklang die sanfte Stimme des Leidenden auf der Veranda: „Glaubet an Gott und glaubet an mich. In meines Vaters Hause sind viele Wohnungen." Von diesen Wohnungen, von dieser wunderbaren, himmlischen Heimat sprach er so, daß in allen Herzen die Sehnsucht danach wach wurde.

Dann sprach er von jener unergründlichen Liebe, welche dort oben die Heimat für die erlösten Seelen und hier unten diese Seelen für die Heimat bereit macht. Am meisten legte er Nachdruck auf die Worte: „Ich will wiederkommen." Er beschrieb den, der da kommen will, mit solcher Liebe und Innigkeit, wie es nur der vermag, der mit Jesus von Nazareth wandelt und ihn sehr gut kennt.

„Auf daß ihr da seid, wo ich bin." Das klang wie ein Triumph der Sieger, die überwunden haben durch des Lammes Blut.

„Nehmen Sie Christum als Ihre Heiligung an und Sie werden den Heiligen Geist empfangen", so hatte Frau Zamojska kürzlich zu Michael gesagt. Jetzt in dieser feierlichen Stunde kam Christus ihm durch das Wort seines Bruders so nahe, daß er ihm endlich die Türen seines Herzens weit auftun mußte. Christus zog ein, und die Herrlichkeit des Herrn erfüllte das Herz.

Darum war der junge Hodolitsch der erste, der auf seine Knie fiel, als zum Gebet aufgefordert wurde. Über die Donau herüber erklangen die Abendglocken. Ein leiser Windhauch bewegte die Kronen der Bäume. Die geschmückten Akazien streuten ihre goldenen Blätter dem zu Füßen, der gekommen war, um ewig mit den Seinen zu wohnen ...

„Ich danke Ihnen, mein teurer Sohn", sprach die Frau Baronin. „Sie haben uns bis nach Hause getragen."

„Ich habe Sie dorthin getragen, wohin ich selbst gehe, teure Mutter. Es scheint mir, daß ich nicht mehr lange hier bleibe. Darum erlauben Sie mir, Ihnen dafür zu danken, daß Sie mich bei der Hand genommen und auf den Weg des ewigen Lebens geführt haben. Der Herr hat durch Sie viel an meiner Erziehung gearbeitet. Was noch fehlt, das wird er selbst mit seinem Verdienst zudecken, bis ich vor ihm stehe. Er wird mich ‚in der Felsenkluft' bergen."

Es läßt sich denken, was auf diese Worte folgte. Bei der schmerzlichen Frage seines Vaters: „Du fühlst dich doch nicht schlecht?" glitt ein leises Lächeln um die Lippen des Sohnes.

„Nicht schlechter als sonst", sprach er herzlich. „Ich sage es nur, weil wir bei diesem Gegenstand sind. Warum seid ihr so schmerzlich überrascht, meine Lieben? Ist es doch ein Wunder Gottes, daß ich so lange gelebt habe. Als ich hierher kam, habe ich mir selbst kaum ein bis zwei Jahre gegeben. Und sehet da – wieviel mir der Herr hinzugefügt hat ..."

„Er kann auch jetzt noch hinzufügen, wenn wir ihn bitten", meinte Ruth.

„Ja, aber sein Wille geschehe ..."

Als Hodolitsch mit Tichy nach Hause ging, gaben ihnen Olga und Duro das Geleit. „Mein lieber Sohn", sprach Tichy plötzlich, indem er ihn umarmte, „kehre jetzt um, das viele Gehen schadet dir."

„In der Ebene nicht, Vater. Ich gehe mit euch bis zu jenem Grenzrain."

„Kommt doch lieber gleich bis zu uns", bat Michael.

„Ein anderes Mal", wehrte die junge Frau ab. „Für Duro ist es am besten in seinen vier Wänden."

„Da haben Sie recht, Olga. Aber da sind wir schon. Vergeßt es nicht: ‚Wir leben oder wir sterben, so sind wir des Herrn'."

„O Duro!" rief Michael, indem er den Vetter leidenschaftlich umarmte. „Vorhin hat dir die Frau Baronin gedankt, jetzt muß ich dir danken. Endlich bin ich ganz des Herrn und habe Christum wirklich aufgenommen. Er ist mein, nun, so bin ich der eurige. Und du hast mich bis an sein Herz geführt. Hab' Dank, innigen Dank!"

„Ach, dem Herrn sei Ehre!" jubelte der Doktor. „Eine größere Freude hättest du mir nicht bereiten können, mein teurer Kamerad. Der Herr Jesus segne dich!"

Die Herren umarmten den Doktor. Michael umarmte auch Olga. Sie blickte ihn mit leuchtendem Verständnis an. Freudentränen glänzten in ihren Augen.

„Jetzt werden wir uns endlich ganz verstehen", sprach er bittend zu ihr.

„Ja, Michael, jetzt ganz. Doch nun, gute Nacht!" Wenige Augenblicke später standen die beiden treuen Freunde, Duro und Olga, allein am Saum des Wäldchens. Plötzlich streckte Duro die Hand aus.

„Kennen Sie jenes Plätzchen, Olga?" fragte er lächelnd.

„Ob ich es kenne! Dort steht die hohle Weide, wo vor Jahren ein armes, verlassenes Geschöpf gleich einem frierenden Vöglein saß. Und dort stand der gute Engel, der gekommen war, um das Vöglein zu erwärmen."

„Und dort, Olga, stand der große Heiland, der seine beiden verlorenen Schäflein suchte."

„O Duro, wenn irgend jemand, dann kann ich Ihnen niemals genug danken."

„Sie danken mir mit Ihrem ganzen Leben, teure Olga. Sie waren es, die meinem einsamen Leben Schönheit und Wert verliehen haben. Gott möge es Ihnen vergelten. Aber erlauben Sie mir eine Frage: Nicht wahr, Michaels Zeugnis beglückt Sie doch, nicht nur als Schwester in Christo, sondern auch als seine Gattin?" Die Augen des guten Freundes blickten so forschend und überredend, als wollten sie für den Gefährten Fürsprache einlegen.

„Ja, Duro. Ach, das ist nicht mehr jener Michael!" Sie bedeckte ihr Antlitz mit beiden Händen.

„Ich weiß, es ist ein neuer Michael. Haben Sie ihm alles vergeben?"

„Ja, gleich als er mich bat. Glauben Sie mir, Duro, zwischen uns ist keine Kluft mehr."

„Wenn er Sie bittet, für immer bei ihm zu bleiben, werden Sie es gerne tun?"

„Ich liebe ihn" flüsterte sie kaum hörbar.

„Gott sei Dank!" sprach er aus tiefstem Herzen. Und schweigend, in tiefes Sinnen verloren, schritten beide heimwärts. Die herbstliche Natur breitete ihnen ihre goldbraunen Teppiche unter die Füße. Auf Orlice angekommen, traten sie zuerst in die Apotheke ein, wo der Doktor noch einige Rezepte schrieb. Dann begleitete ihn Olga bis zu seiner Stubentür.

Sie hatte das in letzter Zeit öfters getan. Heute trat sie auch ein, um zu sehen, ob alles in Ordnung war und legte selbst noch da und dort Hand an. Er wehrte ihr nicht. Er stand mit gefalteten Händen am Fenster und sah ihr lächelnd zu. Dabei durchlebte er im Geiste dankbaren Herzens all die Jahre, da sie ihm gedient hatte. Hatte er es doch nur ihr zu danken, daß er sich im ersten Jahr so erholt hatte.

Sie hatte in der Tür „Gute Nacht" gerufen, aber plötzlich blieb sie stehen. Sie sah ihn an, wie er so liebevoll und freundlich dastand, dem Himmel näher als der Erde. Eine warme Regung dankbarer, schwesterlicher Liebe erfüllte ihr Herz. Sie durchflog den Raum, der sie von ihm trennte. „Gute Nacht und Dank für alles!" flüsterte sie und drückte ihm die Hand.

„Gute Nacht, Olga, meine teure Schwester! Der Herr Jesus segne Sie reichlich!"

* * *

Als am nächsten Morgen Dr. H. in das Schlafzimmer seines Kollegen trat, weil Doktor Tichy nicht zur gewohnten Stunde erschien und der Wärter meldete, daß der Herr Doktor noch nicht aufgestanden sei, fand er seinen Freund schlafend. Aber es war ein Schlaf, aus dem ihn kein Weinen, kein Rufen der Kranken mehr erwecken konnte. Doktor Tichy war heimgegangen.

Die Ärzte konstatierten einen augenblicklichen, schmerzlosen Tod infolge einer inneren Verblutung. Der schöne Ausdruck des Gesichtes, die friedlich zum Gebet gefalteten Hände zeugten davon, daß er unter einem Kuß, nicht unter einem Schlag gestorben war.

Er wurde sehr beweint und betrauert, sein Scheiden hinterließ eine große Lücke. Aber sein Beispiel, seine Worte lebten in der Erinnerung seiner Mitmenschen weiter, als schon längst die Blumen auf seinem Grab wuchsen. Die weißen Bänkchen um den stillen Hügel waren oft von der kleinen Familie besetzt, die sich hier mitteilte, wieviel von seinen guten Gedanken und Idealen sie schon verwirklicht hatte und was sie noch alles verwirklichen wollte ...

Als nach dem Begräbnis Duro Tichys die Familie um Frau von Zamojska versammelt war, sprach diese einen besonderen Wunsch aus. Sie bat Hodolitsch, seinen Besitz zu verpachten oder, wenn ihm nicht so viel daran gelegen war, denselben einfach zu verkaufen. Anstatt dessen sollte er die Aufsicht über den Besitz von Orlice übernehmen. Auf diese Art konnte ihre Tochter Olga ferner auf ihrem Posten bleiben. Wenn Herr Tichy mit seinem Neffen die äußeren Geschäfte übernahm, konnte sich die Dame ungestört ihrem schönen Liebeswerk widmen.

Der junge Gutsbesitzer bekam drei Wochen Bedenkzeit. Aber nach vierzehn Tagen erklärte er sich bereit, mit ihnen gemeinsam für Christum zu leben. Es litt den neuen Michael nicht länger auf dem Besitz, der mit so viel traurigen Erinnerungen an die Sünde und die Gewissensqualen seines Vaters verknüpft war. Er wunderte sich nicht mehr, daß Olga den Mammon verachtete. Wahrlich, es lohnte sich nicht, nur für diesen, für seine Erhaltung und Vermehrung zu leben. Michael hatte erkannt, daß Gott ihm seine irdischen Güter nur anvertraut hatte, um sie zu seinen Füßen niederzulegen und so die menschenfreundlichen Bestrebungen seiner edlen Gattin zu fördern.

Michael Hodolitsch fühlte, daß seine Frau niemals ohne ihre schöne Arbeit glücklich sein konnte. Er hatte ihr einst versprochen, sie der Frau Baronin nicht zu nehmen, solange diese lebte. Nun, die Baronin war nicht gestorben, sondern gesund geworden; und er wollte sein Versprechen erfüllen. Auch er bedurfte so sehr einer Mutter.

Onkel Tichy hätte vielleicht gegen den Verkauf des so teuer behaupteten Besitzes Einspruch erhoben, hätte ihm die Baronin nicht ihr Testament gezeigt. Dort stand geschrieben, daß – mit Ausnahme eines reichen Legats für Ruth Morgan – Olga Hodolitsch ihre Universalerbin war. Da gab es keine Einwendungen mehr. Gerne erlaubte er dem Neffen, auf den er seit dem Tod seines Sohnes alle väterliche Liebe übertrug, der Gesellschafter der Baronin zu werden und das flüssige Kapital ihrem Unternehmen zuzuführen.

Michael Hodolitsch hatte nur schmerzliche Erinnerungen an das Ende seines Vaters. Als es ihm gelungen war, das Schloß samt Einrichtung – mit Ausnahme einiger Familienandenken – vorteilhaft zu verkaufen, atmete er auf, als sei ihm eine schwere Last von der Schulter gefallen. Nun konnte er den großen östlichen Flügel von Orlice, den ihm die Baronin angewiesen hatte, ganz nach den Wünschen seiner geliebten Frau einrichten. Ein unbeschreibliches Gefühl erfüllte die Herzen der jungen Eheleute, als sie endlich das gemeinsame Leben in dem traulich geschmückten Heim begannen. Am Grab ihres Wohltäters, Duro Tichy, hatten sie sich die ganze Wahrheit gesagt, und nun waren ihre Herzen zu einem unauflöslichen Ganzen verbunden.

Frau von Zamojska mußte nicht ihre Tochter, Ruth Morgan nicht ihre Schwester verlieren. Dafür hatten beide einen treuen Sohn und Bruder gewonnen. Und Michael Hodolitsch? Er hatte eine Mutter und eine Schwester bekommen, auf die jeder edle Mann stolz sein konnte. Ach, die dauerhafte, beste Verbindung ist diejenige, die Christus knüpft. Es ist gut, sehr gut, in dieser einst durchbohrten, aber über alles festen Hand zu ruhen, in der Hand des Meisters, der sein angefangenes Werk an der Seele nicht läßt, sondern es zur Vollendung führt, bis ihm, wie aus einem Spiegel, sein eigenes Bild entgegenstrahlt.

Weitere Erzählungen von Kristina Roy

Kristina Roy
Um hohen Preis
ISBN 3-86122-799-1
656 Seiten, kartoniert

In dem kleinen slowakischen Städtchen Podhard
leben Menschen, die sich durch Härte und Lüge
viel Not bereiten. Der junge Apotheker Ursiny
bringt Licht in diese Dunkelheit. Mit
seelsorgerlichem Geschick gewinnt er die Herzen
der Menschen für Gott. Schließlich entsteht durch
Ursinys Wirken sogar eine kleine Gemeinde –
wenn auch um einen hohen Preis.

Kristina Roy
Glückliche Menschen
ISBN 3-86122-729-0
80 Seiten, kartoniert

Wann sind Menschen wirklich glücklich?
Diese wunderschöne Geschichte aus einem kleinen
slowakischen Dörfchen des 19. Jahrhunderts
gibt die Antwort.
Gut und Geld allein machen nicht glücklich.
Das zeigt das traurige Leben des steinreichen, aber
gottesfernen Schlossherren Rudohorsky, dessen
Besitz seine Ehe nicht retten kann. Auch der
einfache Schmied Adam genießt zusammen mit
seiner kleinen Familie zunächst die
süßen Früchte seines Fleißes.
Er aber weiß um den Geber allen irdischen Segens.
Und als sich das Blatt seines Schicksals wendet,
darf er vorstoßen zur tiefsten Quelle des
Glücks ...

Kristina Roy
Der Knecht
ISBN 3-86122-730-4
80 Seiten, kartoniert

*„Es war an einem Sonntagabend zur Zeit der
größten Erntearbeit. Ondrasik saß im Obstgarten
vor seinem Hause und stützte den sorgenschweren
Kopf in die Hände. Plötzlich bellte im Hof der
Hund und vor dem verwunderten Bauer stand ein
junger, gesunder, gutgekleideter Mann. Nachdem
sie sich begrüßt hatten, sagte er, er wäre hierher
gekommen, um Arbeit zu suchen ...“*

Mit dem Auftauchen von Method Ru•ansky
bricht für die Bewohner des Dorfes Hradova eine
ganz besondere Segenszeit an. Gott selbst sendet
mit diesem glaubensstarken Mann das Licht seiner
Herrlichkeit mitten hinein in das schwere Leben
der slowakischen Ackerbauern um 1900. Schlicht
und ergreifend erzählt Kristina Roy, wie das Reich
Gottes sich ausbreitet und Menschen das Heil
finden.

Kristina Roy
Die Schwärmer
ISBN 3-86122-731-2
240 Seiten, kartoniert

Während seines Militärdienstes bekehrt sich der lebenslustige Stephan zum Glauben an den lebendigen Gott. Voller Begeisterung macht er sich daran, in seinem Heimatdorf eine Gemeinde aufzubauen.

Bald aber stößt er auf schier unüberwindliche Widerstände. Dass sein jähzorniger Vater versucht, ihn mit Gewalt in das seichte Leben zurückzuzwingen, das die Gesellschaft vorgibt, wäre noch zu verschmerzen. Dass auch die Amtskirche ihm Knüppel zwischen die Beine wirft, macht ihm das Leben schon schwerer.

Was aber wird es ihn kosten, dass er sich in ein Mädchen aus der Gemeinde verliebt, das auch von seinem besten Freund umworben wird?

Kristina Roy
Ein Sonnenkind
ISBN 3-86122-769-X
224 Seiten, kartoniert

Mit Liebe und Geduld gewinnt der junge Lehrer
Stefko die Herzen der völlig verwilderten Dorf-
jugend. Er baut einen geregelten Unterricht auf
und bringt ihnen die frohe Botschaft. Doch seine
Erfolge rufen auch Neider auf den Plan ...

Kristina Roy
Glück
ISBN 3-86122-770-3
272 Seiten, kartoniert

Die beiden Zwillingsbrüder Pavel und Andrej sind
ein Herz und eine Seele. Doch dann wird ihr gutes
Verhältnis zueinander auf eine schwere Probe
gestellt, als sie sich beide in das gleiche Mädchen
verlieben. Durch einen Nachbarn lernen sie den
lebendigen Gott kennen. Kann dadurch ihre
Bruderliebe wieder neu erwachen?

Kristina Roy
Ohne Gott in der Welt
ISBN 3-86122-901-3
80 Seiten, kartoniert

Das erfolgreichste Buch der bekannten
Volksschriftstellerin: Martinko, der Waisenjunge,
findet als einfacher Hirte den Weg zu Jesus.
Schlicht und beständig folgt er seinem Herrn
nach.

Kristina Roy
Endlich daheim
ISBN 3-86122-909-9
64 Seiten, kartoniert

Bescheiden, aber zufrieden lebt Großmutter
Mikula mit ihrer Enkelin in den slowakischen
Bergen. Groß ist die Freude, als Enkel Josef aus
Amerika zu Besuch kommt. Aber Josef bringt
nicht nur Sonnenschein mit sich ... Doch Gottes
Arm ist nicht zu kurz, dass er nicht in jeder Krise
Heilung bringen könnte.

Kristina Roy
Die Verlorenen
ISBN 3-86122-916-1
208 Seiten, kartoniert

Viel fehlt nicht, und Eva würde ihrem Leben ein
Ende machen. Schwer leidet sie unter ihrem
hartherzigen Mann und seiner tyrannischen
Mutter. Mit dem Tod ihres geliebten Töchter-
chens wird ihr Schicksal schier unerträglich. Da
trifft sie in ihrer finsteren Stunde völlig unerwartet
der Lichtstrahl der Liebe Gottes.

Kristina Roy
Im Sonnenland
ISBN 3-86122-910-2
178 Seiten, kartoniert

Die bewegende Geschichte von Palko, dem
Findelkind. Auf seiner Suche nach dem „Sonnenland" findet er zur Bibel und durch sie zur Erfüllung seines Lebenswunsches.